조선풍토기

조선풍토기

난바 센타로(難波專太郎) 저
이선윤 역

역락

서문

길가의 잡초와 개구리도 열정적인 식물학자에게는 늘 흥미로운 대상이다. 흙 속에서 찾아낸 낡은 기와를 어린아이는 무심코 밟아 부숴버리겠지만, 고고학자는 이를 보고 깊은 생각에 잠기며, 물건에 따라서는 천금과도 바꿀 수 없을 것이다.

우리나라에 기와가 사용되기 시작한 것은 스슌천황(崇峻) 원년인 588년에 백제에서 네 명의 기와 전문가 마나몬누(麻奈文奴), 요키분(陽貴文), 료키분(陵貴文), 샤쿠마타이미(昔麻帝弥)를 보내온 것이 발단이 되었다는 내용을 고기록에서 찾아볼 수 있다.

오늘날 조선의 땅속에서 얻은 한 조각의 낡은 기와 파편에 흥미를 느끼는 것처럼 조선 전토를 관찰해 보면 고조선 이래의 문화나 치란흥폐(治亂興廢)의 흔적은 실로 흥미로운 보물창고일 것이다.

고고학자 혹은 역사가로서 조선을 보지 않더라도 현대의 풍광과 토속에 대해 전해야 할 것, 논해야 할 것, 높이 평가해야 할 것 등이 많다는 것은 말할 필요가 없다.

하지만 우리 일본인이 쓴 조선에 관한 시가, 창작, 논문, 수필 등은 아직 많다고 할 수는 없다.

난바 센타로 씨는 현재 교육계에 몸담고 있으며 과거에 도쿄에서 시가나 소설, 그리고 수필 등에 그 재능을 발휘했다는 사실은 널리 알려져 있다.

　난바 씨는 조선에 거주한 지 칠 년째로 그동안 보고 들은 이야기들을 신문 등에 발표해 왔으며 이들 작품의 출판을 권유 받아 곧 출간된다는 소식을 들었다. 아마도 한강의 물결이 그 책 속에 넘실대고 금강산의 울창한 모습이 행간에 우뚝 솟아 있으며 울산의 고래잡이 노래가 책 밖으로 울려 퍼질 것이다.

1928년 5월 15일

도쿄 요요기에서

마사토미 오요(正富汪洋) 서문

저자 서문

나는 조선에 온 지 팔 년이 된다. 오 년이나 십 년은 금방 지나가 버린다. 무엇을 할 틈도 없다고 사람들은 말하지만 팔 년이라는 시간은 결코 짧지 않다. 이러한 상당히 긴 시간을 나는 어떻게 지내온 것일까. 돌아보면 단지 멍하니, 명확하게 주위를 환기하거나 정신을 바짝 차리지도 않고 지낸 것이 이제와 생각하면 생각할수록 아쉽다. 그다지 많은 시간을 부여받고 내가 이 세상에 태어난 것도 아닌데 안이하고 경솔하게 시간을 버려온 것이 아닌가 하여 답답하고 화가 난다. 그리고 슬픔과 자책을 견딜 수 없다.

하지만 저 먼 곳을 바라보고 있는 동물원의 낙타처럼 멍하게 꿈을 먹고 살아가는 날들만을 보낸 것은 아니었다.

과거 팔 년 간, 나에게는 불쾌한 날들이 많았다. 고통스러운 날도 많았고 매우 초초하게 시간을 보낸 날들도 많았다. 나의 어리석음 때문에 울기도 했다. 공명심에 쫓겨서 정신없는 나날을 보냈다. 바닷가에 어린아이가 조개라도 줍는 것처럼, 만주 철도 도서관에서 서적을 대출하여 주의 깊게 한 페이지 한 페이지를 지친 눈으로 읽기도 했다. 혹은 신문사나 잡지사에서 요청을 받는 대로 돈도 되지 않는 원고를 쓰기 위해서 사나흘 동안 밤을 새우기도 했다. 진행이 더디게 되면서도 겨우 건진 것들이 어느 날 문득 보니 상당히 많은 분량으로 쌓여 있었다. 지금 그중에서 비교적 조선에 관련 있는 것들을 골라 소책자로 편집하여 '조선풍토기'라는 이름을 붙였다.

나는 이 책자를 간행하는 것을 상당히 망설였다. 칠팔 년이나 전에 쓴 글은 대부분 마음에 들지 않는 것들이다. 혹은 평범하고 진부한 감상의 나열일 뿐으로 스스로 짜증이 나기도 했다. 그러나 다소의 애착을 느끼기도 하여 다시 읽어보고 조금 손을 대어 보았다. 그리고 우리 집에서 기르고 있는 닭을 죽이는 것 같은 아련한 안타까움을 느끼면서 원고를 찢어 버리기도 했다. 두 편을 찢고, 세 편을 찢고 또 찢었다. 그렇게 하여 열서너 편은 찢었을 것이다. 이렇게 말하면 마치 이 소책자에 내가 무척 자신이 있는 것처럼 들리겠지만 결코 그런 것은 아니다. 졸문을 모아서 출판하는 것도 탐탁지 않지만 이것을 모두 찢어 재와 연기로 태워 버리는 것은 나에게 있어서 그것 이상으로 슬프고 견딜 수 없는 일이었기 때문이다.

이 빈약한 소책자를 많은 사람들이 읽어 주리라고는 생각하지 않지만 혹시 읽어 주시는 분이 있다면 깊은 감사를 드린다.

　마지막으로 서문을 써주신 마사토미 오요 씨에게도 진심으로 깊은 감사의 마음을 표하고 싶다. 또, 교정 및 많은 수고를 해주신 오랜 친구인 안도 간유(安藤乾幽) 군과 삽화를 담당해준 쓰노자키 히데오 씨의 호의에도 깊은 감사를 드리는 바이다.

1928년 9월 26일
난바 센타로

역자 서문

본서의 저자 난바 센타로는(難波專太郎) 일제강점기의 조선과 일본에서 활약한 교육자이자 미술평론가이다. 1920년대에 조선 경성중학교 등에서 교원으로 근무한 후 일본으로 귀국하여 교육 및 평론활동을 계속했다. 이후 난바는 잡지「문학탐구(文學探求)」를 주재하고「미술탐구(美術探求)」를 창간하는 등 잡지계에서도 활약했으며『요코야마 다이칸(橫山大觀)』(1954),『마쓰바야시 게게쓰(松林桂月)』(1958),『마에다 세손(前田靑邨)』(1960),『가타야마 난푸(堅山南風)』(1966) 등의 저서를 통해 주로 일본미술에 관한 평론을 발표해왔다.

동양적 전통미에 관한 식견과 깊은 관심을 토대로 하여 미술 평론가로 활동한 난바는 조선에 체류하던 시절에 조선의 풍광 및 문화에 관한 감상과 견해를 집필한 원고를 모아 경성의 오사카야고 서점(大阪屋號書店)에서 1928년에 출간하였는데 이것이 본서『조선풍토기』이다. 이후 1942~43년에 걸쳐 증보판인『조선풍토기』상·하권이 도쿄 겐세쓰사(建設社)에서 간행되었는데 이 증보판에는 총동원의 시기를 반영하듯 '대동아 건설' 등의 단어가 등장한다.『조선풍토기』는「조선풍광론(朝鮮風光論)」,「조선 속담에 나타난 돈

과 여자(朝鮮の俚諺に現れたる金と女)」, 「조선의 비와 전설(朝鮮の雨と傳說)」, 「북한산 애사(北漢山哀史)」, 「조선 민요의 특질(朝鮮民謠の特質)」, 「민요의 『향토』에 대해 노구치 우조 씨에게 답하다(民謠の『鄕土』に就き野口雨情氏に答ふ)」 등을 비롯하여 주로 조선의 문화와 풍토를 소재로 한 21개의 수필로 이루어져 있다. 그중 「효창원수필(孝昌園隨筆)」은 「반딧불(螢)」, 「아이 이름 짓기(子供の命名)」, 「흥선사의 스님(興禪寺の僧)」, 「남자(男)」, 「심심함과 플러스 엑스(退屈とプラスエックス)」, 「조선의 비와 전설(朝鮮の雨と傳說)」, 「누워 있는 고양이를 때리지 않는 것의 나쁜 점(臥猫を打たざるの惡)」, 「오카무라 겐타로 선생 묘비문(岡村鉉太郎先生墓誌)」, 「아버지의 비문(父の碑文)」 등의 글로 구성되어 있다.

「바보와 항아리 취미(馬鹿と壺との趣味)」는 난바의 미술 비평 초기의 도자기 감상에 관한 견해를 표명한 글이다. 그는 '우둔'하게도 보이고 '현명'하게도 보이며, '냉담'하게도 '온화'하게도 느껴지는, 또 장난을 치는 것 같기도 하고, 조소하는 것도 같고, 비꼬는 것처럼도 보이는 도자기를 바라보며 '일본의 감성'과 통하는 지점을 논한다. '선(禪)'을 숭상하고 '차'를 좋아하며 센류나 하이쿠를 짓는 취

미와 동일선상에서 도자기를 바라보며, 종이에 먹 한 획을 그어 그 번짐의 민감함과 미묘함으로 무한의 시취를 느끼는 감수성을 '일본인의 감성'이라고 거칠게 논하는 등 치기 어린 젊은 식민자의 내셔널리즘적 우월감도 엿보이지만 예리하게 조선의 문화를 논평하는 부분도 엿보인다.

'얇은 비단에 흐린 먹으로 그린 것 같은 저녁놀' 속에서 한강변을 걷는 것으로 시작하는 꿈의 단상을 그린 수필 「꿈(夢)」은, 논리나 현실을 넘어 '누군가가 하늘에서 던져놓은 것 같은, '잘려진 필름이 비춰내는 찰나 같은 느낌'을 생생하고 과감하게 그렸다. 섬세한 미적 감수성의 추구와 함께 부조리한 낯선 상황에 대한 불안, 재난 및 사무라이적인 잔인한 폭력성이 혼재된 제국 일본의 심상 공간이 재현된 글이라고 할 수 있다.

「조선 속담에 나타난 돈과 여자」에서 난바는 '피가 흐르고 있는, 생생한' 조선의 속담에 주목하고 근면한 조선인에게 있어 일하는 것이 얼마나 권력을 창출하는 것인지를 읽어낸다. 그는 속담의 독해를 통해 여행 문화의 취약함, 여성관의 문제점을 지적하고 있다. 또한 내지인들의 사고는 유치하면서도 과학적이고, 조선인들의 생각은 종교적이며 미신적이라는 관점에서 조선의 문화를 비합리와 전근대의 영역으로 구분을 지으면서도 일본의 지배에 대한 조선인의 반감을 포착하고 있다.

난바의 어린 시절 아버지의 이야기 속 조선의 호랑이는 용맹하고 늠름하며 이상적인 존재로 등장했다. 그의 아버지는 가노파(狩野派)나 마루야마파(圓山派)와 같은 일본의 명화가 아니라 소박한 우키요에를 통해 조선의 호랑이를 강하고 위협적인 존재로 인지했을 것이다.

하지만 난바가 조선에 건너오면서 생각하는 호랑이는, 호랑이의 실체라기보다는 아버지에게 보내고 싶었던 고가의 호랑이 가죽이다. 그의 아버지 세대가 상상 속에 그린 괴력을 지닌 조선의 호랑이는 난바와 같은 재조 일본인들에게 있어 고가이기는 하지만 구입을 고려할 만한 고가 상품으로 변신했던 것이다. 본서를 통해 근대초 일본이 그린 신화적 표상으로서의 조선 호랑이가 자본주의와 제국주의의 물결 속에서 가죽으로 변화해가는 시기에 일본에서 건너온 한 젊은 지식인이 그린 조선의 풍토와 문화, 그리고 제국의 문화적 감수성의 지형을 접할 수 있을 것이다.

2016년 3월 16일

역자 이선윤

차 례

표지 그림 및 삽화_쓰노자키 히데오(角崎秀雄)

조선풍광론

1.

나는 사계절 중에서 초여름과 가을을 제일 좋아한다.

벚꽃이 진 후, 어떤 교태도 유혹도 느낄 수 없는 선명한 푸른 하늘에 은빛 가루를 섞어놓은 것 같은 흰 구름이 가볍게 떠있다. 강가와 산과 숲이 일제히 발랄하고 생생하게 새싹을 피우는 무렵은 남화의 주제로 자주 다루어진 소재이다. 특히 윤기가 없이 말라버린 산과 들에 버드나무나 포플러 나무가 많은 조선에서는 한층 더 그러한 느낌이 강해진다. 그리고 청정한 감각과 생의 자부심을 느낀다. 나는 이 계절이 좋다.

패기와 위압감에 가득 찬 적갈색으로 빛나는 저 소나기구름이 흐트러지면 어느 틈엔가 투철하게 자신을 돌아볼 수 있는 가을이 온다. 화로에 숯불을 가볍게 놓고 방구석을 보면 고즈넉한 적막함을 느끼는 가을이 온다. 이 가을밤에 홀로 있는 침묵에는 말로 표현하기 어려운 인간의 '정직'함과 '긍정'의 마음이 있고 조용한 시적 아름다움이 숨어 있다. 집 밖으로 나가 조용히 숲 속으로 향하면 섬세한 벌레 소리가 발이 닿는 곳마다 들려온다. 그리고 나뭇가지를 만지면 떨어지는 노란 나뭇잎의 끝부분은 석양에 빛났다가 사라진다. 초여름을 좋아함과 동시에 나는 이 계절 또한 좋아한다. 초여름은 남화이다. 가을은 묵화이다. 그리고 이 두 가지 풍취는 조선 풍경의 특색일 것이다.

그러나 이 아름다운 계절은 조선에서는 극히 짧은 기간일 뿐이었다. 조선의 기후는 대륙적으로, 여름과 겨울이 길고, 그중에서도 흙 속에 파묻힌 듯한 동절기가 특히 길었다.

나는 겨울을 싫어한다. 밤낮없이 잔혹한 바람이 판자문을 덜컹덜컹 흔들고, 외출이라도 하며 양복 위에서 바늘 같은 추위가 살갗을 찌르듯이 파고든다. 그런 때는 돌도 흙도 꽁꽁 얼어붙어 움츠려드는 것 같다. 바람이 불지 않는 날도 물론 있지만, 바람은 불지 않더라도 추위에는 변함이 없고 춥다고 하기보다는 오히려 아프다고도 할 수 있다. 그리고 집 안에서 병 속에 있는 술이 얼어 버리기도 하고, 계란도 얼어 버린다. 무도 당근도 모두 언다. 술에 취한 이가 술기운에 야외에서 잠든 채 동사했다는 얘기가 들려오는 것도 이 무렵이다. 신부를 가마에 태우고 시골의 먼 밤길을 돌아서 겨우 신부의 집에 도착한 후에 가마 안을 들여다보니, 불쌍하게도 인형 같은 신부가 동사하여, 대리석으로 만든 불상에 예쁜 옷을 입혀 놓은 것처럼 딱딱해져 있었다는 이야기도 들었다.

2.

러시아의 겨울은 눈이 내리는 날이 많고, 내린 눈이 산과 들을 뒤덮고 강과 바다를 메워 온 천지가 하얗게 된 풍경은 장엄하게 아름답다. 도시 사람들은 마차나 썰매를 달리며 정취를 즐기고, 밤에는 오락 거리를 보고 즐기며 시간을 보내면서 밤이 새는 줄도 모를 정도라고 한다. 그 정취는 러시아 문학에 가끔 등장하는데, 조선의 겨울에는 이러한 장대한 미관은 찾아볼 수 없다. 그리고 또한 그 변화라는 것도 매우 미미하다. 때로는 진눈깨비나 눈보라가 치기도 하지만 비도 눈도 그대로 땅에 얼어붙은 곳을 구두나 게타를 신은 사람들이 밟아 미끄러워 지기 때문에 곳에 따라서는 불투명한 유리처럼 길이 반짝이면서 미끄러워 조심해서 걸어야 한다.

내가 전에 살던 집 앞에 삼각형의 공터가 조금 있어서 근처 아이들이 곧잘 모여서 놀곤 했다. 겨울이 되면 그곳이 얼어서 아이들은 즐거워하며 스케이트 타는 흉내를 내고 놀았다. 그래서 길 한가운데가 매끈하게 닦여져서 왕래하는 사람들이 몇 명이나 미끄러져 넘어졌다. 젊은 임산부도 미끄러졌다.

내게는 겨울에 비하면 여름이 훨씬 지내기가 수월했다. 그리고 자연의 변화 양상도 다양하다. 앞서 말했듯이 봄이 짧고 금방 더워지기 때문에, 산과 들에도 녹음이 갑자기 퍼져 이윽고 검은빛을 띨 정도로 우거진 포플러 가로수 위에 흰색이나 다갈색의 힘찬 구름이 머리를 내민다. 때마침 산마루를 돌아오는 기차 등은 특히 여름의 정취를 더욱 깊어지게 한다. 정말로 웅장하게 보이는 그 질주하는 모습은, 무성해진 여름의 신록에 잘 어울린다. 겨울의 먼 황야를 달리는 기차는 너무나도 초라하고, 예를 들자면 늦은 가을 햇살을 찾아 기어나온 뱀과 같은 애처로움이 있다. 바람이 휘몰아치는 날은 더욱 적요함이 깊어진다. 하지만 여름의 기차는 산에도 바다에도 어울리고, 귀부광녀처럼 푸른 잎을 뿜는 폭풍우에도 어울린다. 심지어 번개가 칠 때도 불어오는 한 줄기 바람에 번개 빛이 검은 하늘을 가를 때, 은화살을 밀어내며 기차가 철교를 넘어가는 광경은 장려한 아름다움의 극치일 것이다. 그러나 이러한 장면은 조선보다 오히려 내지에서 많이 볼 수 있었다. 그것은 결코 낙엽송이 많은 나라의 것이 아니라 소나무와 삼나무가 많은 국토의 광경이었다.

3.

내지를 대표하는 수목은 말할 것도 없이 소나무이다. 조선을 대표하는 나무는 포플러다. 내지의 담홍색을 띤 벚꽃에 비해 조선은 순백의 아카시아 꽃이다. 내지는 봄 안개, 조선은 가을 안개다. 깊은 가을 안개 속에서 머리만 보이는 산과 숲의 아름다움은 마치 내지의 봄 안개가 이름 없는 산천을 시적으로 보이게 하는 것과 동일하다. 더욱이 내지는 녹색이 아름다우며, 조선은 갈색이 아름답다.

그리고 전자에,

日淨山如染　　햇살은 맑으니 산은 물든 듯하고
風暄草欲薰　　바람 따스해지니 풀은 향기를 풍기려 하네
梅殘數點雪　　매화가 시드니 눈 몇 송이 내린 듯하고
麥漲一溪雲　　보리 넘실대고 산골짜기는 온통 구름이네

와 같은 정취가 있다고 한다면

후자에는,

返照入閭巷　햇살이 반사하여 이 마을에 비치는데
憂來誰共語　이 시름을 누구와 나눌까
古道少人行　길에는 발걸음이 적어진 지 오래고
秋風動禾黍　가을 바람만 들에 물결치네

라는 경위(耿湋)의 시가 정취가 있다.

4.

붓에 충분히 먹을 적셔 산을 그리고, 그 선이 보이지 않을 때까지 무수의 점을 찍고, 그 아래에 부드러운 곡선으로 대여섯 그루의 소나무와 물을 그려 넣으면 내지의 경치가 완성된다. 다음으로 그 붓의 먹물을 짜서 갈필로 우뚝 솟은 산을 그리고, 수직선을 너댓 줄 그려, 거기에 작은 점을 찍고 저 멀리 아득한 길을 한 줄기 더하면, 조선의 경치가 완성된다. 수직으로 뻗은 선에 작은 점을 찍은 것이 포플러를 그린 것이다. 포플러야말로 조선 풍경의 주역이다. 낙타의 등처럼 벗겨진 산과 그 기슭을 봄가을로 채색하는 것은 포플러이다. 포플러는 수수나 콩밭 속에 섞이면서 버섯 같은 조선 초가집에 어울리는 나무였다.

게다가 포플러는 무엇보다도 풍부한 변화를 보이는 나무이다. 봄에는 노란빛을 띤 어린잎이 연기가 피어오르듯이 올라오고 멀리서 보면 몽환적인 시정이 물씬 풍긴다. 여름은 짙고 짙은 신록이 우거지고 유화처럼 가을에는 노랗게 단풍이 든다. 들도 산도 한꺼번에 단풍이 들어 구석구석 석양이 비칠 때, 붉은 칠을 한 묘비 등이 살짝살짝 보이는 광경은 매혹적이며 화사하게 아름답다. 아아, 나의 마음은 저 멀리 달려간다. 한 무리의 바람이 포플러 나무를 덮치면 몇 천만의 작은 부채 모양 노란 이파리가 높이 날아오르고, 더없이 넓은 감청색 하늘에 보석 호박을 무수히 박아 넣은 듯한 광경이 펼쳐진다. 그 모습은 내지에서는 볼 수 없는 그림일 것이다. 겨울은 이파리가 다 떨어져 버리고 빗자루처럼 되어버린 포플러의 작은 가지 위로 별이 반짝반짝 빛난다. 포플러는 이렇게 춘하추동 내내 조선 팔도 전역에 변화의 묘미를 높여준다. 문학자 돗포(獨步)의 말을 빌려 말한다면 비에, 달에, 바람에, 안개에, 소나기에, 구름에 갖가지 풍경을 그려 내는 것이 바로 이 포플러 나무이다.

조선에 소나무가 없지는 않다. 지금 내가 살고 있는 효창원도 언덕과 평지를 오르내리며 소나무 숲이 이어지고, 내지 풍경을 방불케 할 정도로 많은 소나무가 울창하게 자라나 있다. 또 호남선에도 그러한 소나무산이 많다. 하지만 전체적으로 말하면 붉은 민둥산이다. 있기는 하지만 바닷가의 해송이나 바위 위의 소나무처럼 위축되어 있다. 그러므로 조선에 소나무의 아름다움을 기대하는 자는 불쌍한 것이다. 내지에서라면 "내가 사는 집 소나무 숲 펼쳐진 바다 근처의 후지산 봉우리를 처마 밑에서 보네"라고 하거나, "가라사키(唐崎)의 소나무는 꽃보다 아련하구나"라고 읊을 것이다. 판자

한 장에 자신의 운명을 맡기고 작은 배 한 척으로 높은 파도를 넘는 어부조차도 수건을 동여매고 "해변의 명소 오아라이(大洗) 신사에는 소나무가 보이네"라는 민요를 부르며 소나무를 감상하는데, 조선에는 그러한 풍취는 없다.

<그림> 조선 부락

　호남선에 들어가면 넓은 논이 있다. 시원하게 자란 벼이삭이 가득 자라나 있어서 일본의 비옥한 땅을 연상시킨다. 그 푸른 논 안에 균처럼 조선 가옥이 세 채나 다섯 채쯤 있고, 지붕 위에 커다란 박이 주렁주렁 매달려있다. 빨간 고추도 널어 말리고 있다. 그리고 소나무 산 속에 한 줄기 붉은 길 위로 흰 옷을 입은 조선 부인이 머리에 둥근 항아리를 올리고 걸어 올라가는 모습을 자주 본다. 그

모습은 어떤 기교도 허위도 없는 실로 평화롭고 겸허한 자연이다.

어쨌든 조금 냉혹한 비평일지는 모르나 조선 풍광의 기조는 자포자기와 고갈이었다. 내지는 녹색이고 이곳은 황색이다. 청각적으로 생각해보면 전자가 피리라면 후자는 다듬이질이다. 조선풍광에서 전체적으로 느껴지는 감각은 지나가 버린 흔적이라고 할 만하다. 눈물을 흘리려고 해도 흐르지 않는 깊은 비애감이다. 내지의 경치는 어디에 가더라도 자애로운 어머니로부터 받는 온화한 사랑의 감촉이 있다. 진한 색채의 기쁨이다. 조선 풍광은 아쉽게도 그런 여유를 갖추지 못했다. 그러므로 조선의 풍광에서 포플러를 빼면 정말로 살풍경인 것이다. 밤에는 호시탐탐 노리는 호랑이의 안광처럼, 무섭고 맹렬한 바람이 몰아치는 겨울은 도저히 사람이 살 만한 곳이라고는 생각할 수 없다.

바보와 항아리 취미

밤이 깊은 시간이었다. 아이도 아내도 잠든 듯했고 집안이 진공 상태처럼 조용해졌다. 밖에는 봄비가 촉촉이 내리고 있었다. 복도에 놓인 새장 속에서 가끔씩 작은 새의 발톱이 지푸라기에 스치는 소리가 살짝 들렸다.

나는 오늘 밤 N씨의 집에 가서 여러 가지 항아리를 구경했다. 그리고 한 시간 정도 전에 집에 돌아왔는데 항아리에 대해서 뭔가 재미있는 감상을 떠올릴 수 있을 것 같아서 정리해두고 싶다는 생각으로 책상 앞에 앉아있는데 전혀 집중이 되지 않는다. 조금만 있으면 멍하니 아무 생각도 안 하고 있다. 바둑을 둘 때도 상대방으로부터 '하수의 장고는 쉬는 것과 마찬가지'라고 비웃음을 사는데 정말 쉬고 있는 것인지 아니면 토끼처럼 눈을 뜨고 자고 있는 것인지 나 스스로도 알 수가 없다.

정신을 차리고 보니 책상의 나뭇결을 세고 있다. 먼지 같은 날벌레가 책상 위를 기어가면 그쪽에 정신이 팔린다. 코르크하고 조금 비슷하다고 생각하면서 붉은 흡묵지를 바라보다가 매끄러운 플란넬 같다는 생각이 또다시 든다. 지면에는 손가락 크기의 빨간 잉크가 똑 떨어져 있다. 나는 무심코 흡묵지에 낙서를 시작했다.

먼저 펜으로 왼쪽에서 오른쪽으로 직선을 한줄 그었다. 펜 끝에서 잉크가 쏙 흡수되어가는 종이의 민감함은 기분이 상쾌하다. 그러나 그려진 선은 차가운 느낌이 든다. 나는 책상 위에 주먹을 두개 겹치고 그 위에 턱을 누른 채 잠시 바라보다가 원을 그렸다. 따뜻한 기분이다. 계속해서 삼각형을 그려보았다. 그러자 가슴에 날카로운 아픔이 느껴졌다. 그러다가 재미가 없어져서 흡묵지를 뒤집었다. 이제 무엇을 쓸까하고 생각해보았지만 딱히 명안이 없다. 이윽고 복어가 큰 입을 벌리고 낮잠이라도 자고 있는 듯한 항아리를 그렸다. 입이 조금 옆으로 기울어지고 둥글게 부풀어 오른 뱃속에는 한조각의 사심도 계략도 없는 점이 기분이 좋다. 따뜻하고 고마운 기분이 든다. 지금 내가 그린 항아리는 야무지지 못하고 단정하지 않은 모양이다. 어딘가 바보를 연상시키므로 불현듯 딱딱한 해서체로 '바보'라고 두 자를 써넣었다.

이런 식으로 항아리에 대한 재미있는 감상이 떠오를 것 같은 생각은 드는데 전혀 정리가 되지 않는다. 같은 일이 두 번 반복되지는 않으니 정리할 수 있다면 정리해두고 싶은데 말이다.

어쨌든 오늘 밤 N씨의 집에서 어떤 이야기를 했는지에 대해 간단명료하게 이야기해보겠다.

나는 별다른 용건이 있었던 것은 아니다. 단지 우연히 우산을 쓰고 놀러 갔었다. 그런데 내가 가기 전에 이미 한 골동품상이 와있었다. 나는 직경 두 자 정도의 늙은 녹나무로 만든 화로에 모여 앉아

도코노마*를 무심코 보니 산수를 그린 사카모토 요센(坂本養川)의 그림이 걸려있고 정면에서 오른쪽에는 난초 분재가 놓여있다. 그 반대쪽에는 둥근 항아리가 있고 두 자 정도 앞에 높이 한 자 반 정도의 화분받침 위에, 형태는 도코노마에 있는 것보다 한 치 작지만 직경 다섯 치 정도의 둥근 항아리가 놓여있다. 이 두 개의 항아리는 모두 푸른빛인데 도코노마의 항아리에는 철색으로 대나무가 그려져 있고 화분받침 위에 있는 항아리에는 도코노마의 것과 비교하여 표면에 광택이 있고 상부에는 아교빛 유약이 정교하지 않게 그려져 있다. 나중에 들으니 이 아교색 혹은 철색 부분이 철사**라고 하여 골동품상들 사이에서는 골치 아픈 물건이라고 한다. 같은 이조시대의 물건이라도 완성도가 높고 낮은 것은 당연하지만, 사용한 유약에 따라 그 시세에도 상당한 차이가 있다고 한다.

"저것은 오늘 밤에 나왔는데 어떤가요?" N씨는 이렇게 말하며 자리에서 일어나 도코노마와 화분 받침 위의 두 개의 항아리를 두 손에 들고 내 앞으로 가져와 다다미 위에 눕히면서 "어떤가요? 이 작은 대나무는 잘 그렸지요?"라고 했다.

"어느 것 말입니까?" 하고 나는 주인의 손에서 항아리를 건네받아 다다미 위에 깔개를 놓고 돌려 보면서 "잘 그렸네요. 이게 바로 그 철사라는 것입니까?"라고 물었는데 마음속에서는 그다지 훌륭

---

* 床の間. 일본 가옥에서 장식품을 놓는 벽 측 공간.
** 鐵砂. 산화철을 포함한 화구(畫具) 또는 안료로 무늬를 그린 도자기. 철을 발색제로 하여 유하(釉下)에 사용, 흑갈색 무늬를 나타냄.

한 작은 대나무는 아니라고 생각했다.

"그렇습니다."

"진사*라는 것은?"

"그건 빨간색입니다."라고 하면서 N씨는 "그게 진사라면 대단한 것이지요."라고 이번에는 골동품상에게 말했다.

골동품상은 나이는 오십 살 정도로 보였고 구릿빛 피부에 머리가 뾰족한 남자였다. 그 사람은 "예. 그렇다면 정말 대단한 겁니다. 그런 물건은 다시없습니다. 만일 그런 물건이 나온다면 사오백 원은 하겠지요!"라고 말했다.

나는 두 개의 항아리를 돌려가면서 보기도 하고 조금 떨어진 곳에 두고 보다가 또 옆으로도 뉘어서 보던 중에 역시 항아리는 재미있다는 생각이 들었다. 아무런 기교도 사용하지 않은 점이 재미있다. 구타니(九谷)**라든가 기요미즈(淸水)***라는 것은 그 감촉이 수학적이고 답답하며 차가운 느낌이 드는데 이 항아리는 바보스러운 구석이 있다. 그만큼 따뜻한 맛이 있고 남겨진 여백이 있고 사람의 마음을 가지고 노는 것이 재미있다. 또한 발라진 유약이 연하고, 소박하고, 쓸데없는 계산이 없는 점이 재미있다. 하지만 그런 말은 하지 않고 "항아리 같은 것은 정말 잘 모르겠는데요. 어디가 재미있습니까?"라고 물어보았다.

---

 * 辰砂. 동(銅) 등의 적색 계통 광물성 안료, 혹은 그 안료로 무늬를 그린 자기.
 ** 九谷燒. 이시카와현(石川縣) 남부에서 제작되는 도자기.
 *** 淸水燒. 교토 지역에서 제작된 도자기.

그러자 N씨는

"글세……." 잠시 고개를 갸우뚱하고는 "그것 참 어려운 질문이네. 하하하."

크게 웃고는 커다란 몸집으로 붉은색 중국풍 책상에 느슨하게 기대어 서서 오른팔을 올리고 담배를 피웠다.

나는 다시 항아리를 보면서 "음… 그런가요."라고 말하면서 다음 말을 끌어내려고 했다.

그러자 옆에 있던 골동품상이 너무나도 답답하다는 듯이 설명을 했다.

"사오백 년 시간이 지난 물건이 가치가 높은 겁니다. 지금 막 만든 것은 어디서 만든 것이라도 기술면에서는 잘 만들어져 있지요. 하지만 가격이 싸다는 것이……. 그리고 흙이 문제인데 고려라든가 이조라든가 그 시대의 흙은 없습니다. 그때와 지금의 재료는 다르지요." 골동품상은 한 숨 돌리고는 "이 시대의 물건은 모두 대나무 주걱과 손으로 만든 것입니다. 그러니까 열이면 열, 열다섯이면 열다섯 모두 똑같은 것은 하나도 없습니다."

"그렇군요!"라고 나는 말했으나 속으로는 그게 중요한 것이 아니라고 생각했다. 그리고 감상하는 안목이 제로인 이런 인간이 서화골동품 장사로 먹고 산다니 세상도 참 재미있다고 생각했다. "아무래도 이 유약이 참……. 어떻습니까? 이쪽 항아리에 손으로 바른 듯한 철사의 상태는 정말 훌륭하지 않습니까!" 이것은 N씨의 비평이다.

마침 그곳에 사모님이 다과를 들고 나타났다. "좋고 나쁜 게 있나요? 사람들이 좋다고 하니까 좋은 거죠. 이거 보세요. 이 항아리도 굴려보면 안정감이 없고, 검은색 사철을 엉망으로 발라놓았다고 하면 그렇게 보이는 거예요." 교토 사투리로 이렇게 한 방 날려버렸다.

N씨는 서화골동품의 애호가로, 나는 그의 이야기에 많은 영향을 받았다.

요전에도 신라 항아리를 사가지고 와서 골동품 애호가다운 표정으로 동백꽃을 꽂고 기뻐하고 있는데, 그건 영등포산이라고 말한 사람도 N씨였다. 영등포산이라는 것은 영등포에서 만든 싸구려라는 것이다. 광업의 파묵 산수를 손에 넣었을 때에도 그건 꽝이라고 평가하고는 아무렇지 않다는 듯 나가버렸다. 꽝이라는 것이 골동품 상들 사이의 암호인지 잘은 알 수 없었지만, 가짜라는 뜻이었다는 것을 나중에 N씨에게 들었다. 산요(山陽)의 그림을 찾을 때에는 "글쎄, 뭐 이 등급 정도겠네요"라고 감정을 했다. 나는 좋으면 좋고 나쁘면 나쁜 둘 중 하나 식의 대답이라고만 생각했는데 '이 등급'이라고 하니 이 등급이 있다면 일 등급도 있고 삼 등급도 있다는 것이므로 고민이 될 수밖에 없었다. 그래서 "이 등급이라니 무슨 말인가요?"라고 물어보니, 가짜 중에서도 상품, 이 등급, 삼 등급 등 여러 계급이 있다고 한다. 그렇다면 나의 이 등급 품은 가짜 중의 가짜, 가짜 중에서도 급이 떨어지는 조악한 물건이다. 나는 생각하면 생각할수록 기분이 나빠졌다. N씨는 항상 그런 식으로 나를 가르쳤다.

언젠가는 "아니, 오백 년도 칠백 년이나 된 골동품을 감정하는 것은 어렵지. 그 작가의 작품, 성격은 말할 것도 없고 그 시대의 연구와 종이의 연구, 묵의 연구도 해야 해. 그것도 만만치 않은 일인데 거기에다가 예술적인 직감이 있는 이가 아니면 안 되니까, 이게 꽤 힘든 거네."라고 말한 적이 있다. 나는 이 이야기를 듣고 정말 그렇다고 생각했다. 정말로 예술적 직감이 없고서는 안 되는 일이리라고 생각했다.

N씨는 이 무렵 서화에 대한 열정이 도기류―특히 고려나 이조의 도자기인 듯했는데―쪽으로 향하고 있는 것 같았다.

"이제 꽤 많이 모으셨지요?" 변함없이 무릎 위에서 항아리를 만지작거리면서 이렇게 내가 묻자, 그는 "많긴 뭘"이라고 했는데 옆에 있던 골동품상이 끼어들어서 설명을 했다.

"육칠십 개까지라고는 안 하더라도 상당한 수집품이지요. 게다가 종류 면에 있어서도 이렇게 여러 종류에 걸쳐서 수집을 하신 분은 경성 용산에도 없을 겁니다."

"그렇겠네요. 비장의 소장품을 좀 한 번 보여주시면 안 될까요?"

"뭐가 있을까요. 요즘은 이 두 개의 항아리가 들어왔는데, 이제야 겨우 도자기를 소유하고 있다고 말할 수 있게 된 정도입니다."

나는 오늘 밤 샀다는 항아리를 내려놓고 대나무 잎을 그린 항아리를 들어 올려 다시 감상하면서,

"지난번에는 대단한 항아리가 나왔다고 하지 않나?"라고 골동

품상을 향해 말했다.

"글쎄, 그게… 무라카미가 조선 여자에게 겨우 오 원에 사서 경매에서 이십이 원이 되고, 다시 백 원에 야마시타 손으로 넘어갔는데, 이제 그것을 칠백 냥이 아니면 팔지 않겠다고 버티고 있네."

나와 N씨를 번갈아 바라보다가 골동품상은 놀라 다음과 같이 말했다. "그렇게 말해도 결국 그 사람에게 그만한 가치가 있는 겁니다. 가령 우리 같은 사람들이 그런 항아리를 안고 가서 이게 칠백 냥입니다, 해보십시오. 남들은 미친놈이라고 할 겁니다. 무라카미는 칠백 냥이나 하는 것을 겨우 이십이 원에 넘겨준 것이 분해서 일도 손에 잡히지 않는다고 하지만, 무라카미라면 그 물건을 갖고 있더라도 이십이 원이지요. 그 사람의 가치에 따라 달라지는 겁니다."

"아하."

나는 골동품상의 얼굴을 바라보고 마음속으로 물건의 시세와 사람의 역량이라니 참 재미있는 견해라고 생각했다.

"이 장사를 한지는 오래되었나?"

"그렇죠… 육칠 년은 되겠네요."

나는 경매 등에서 좋은 물건이 나오면 많은 상인들이 쟁탈전을 벌인다는 사실을 떠올리면서,

"오늘 밤 이 항아리는 용케도 손에 넣었군."하고 말하자, 골동품상은 이를 급히 부정하듯 다음과 같이 말했다.

"아닙니다. 경매에 이런 좋은 물건이 항상 나오지는 않지요. 제 물건은 모두 직접 사 옵니다."

"직접 사 온다고?"

"직접 조선인들의 집에 가서 사지요."

"그거 재미있겠군. 그럼 잠이 오지 않을 만큼 두근거리는 보물을 찾아낸 적도 있겠지?"

나는 호기심을 갖고 물어보았다.

"아뇨, 그다지 없습니다."

"이런 물건은 중류 이상의 가정이 아니면 없고, 중류 이상의 그런 집들은 사도 팔아도 좋고 안 팔아도 생활에 지장이 있는 것은 아니거든요. 이쪽에서 사고 싶어서 찾아가는 것이니, 그만큼 돈을 더 많이 내야 합니다. 그래서 그다지 많이 남지 않죠. 그리고 일본인들이 집안에 들어가는 것을 보통 그다지 반기지 않는데 그렇다고 해서 안 갈 수도 없으니 상대방이 호응을 하도록 끌고 가는 것이 그리 쉽지만은 않습니다."

"그런 일반 가정에 가면 물건이 있기는 있는 건가?"

"별로 없지요."

N씨는 이렇게 응대를 하며 수건으로 소나무인지 무슨 나무로 된 쟁반을 닦고 있다. 늙은 녹나무 화로에서는 쇠주전자에 물이 끓고 있다.

골동품상이 돌아간 후에는 이야기가 조금씩 끊어졌다. 무심하게 빛나고 있는 전깃불 아래로 두 개의 이조 백자 항아리가 죄 없는 큰 입을 턱 벌리고 있다. 꽤 우스꽝스러워 보이는 모습이다. 나는 또 봄 바다에 떠있는 복어를 연상했다. 그리고 '역시 항아리는 재미있구나'라고 생각했다. 개성이 각각 다른 점이 재미있다. 자잘한 장식이 없는 점이 재미있다. 불룩하게 배를 내밀고 아무 사심도 품고 있지 않은 것이 재미있다. 고요 속의 고요, 허무 그 자체이면서 '영원'의 밑바닥에 있는 외로움과 강인함이 있다. 이 영원함, 강인함은 '바보'의 영원함이며 강인함이다.

'현인'이나 '위인'이라는 것은 유한함 속에 있는 천박함이 있다. 게다가 답답하고 속되며 번쩍이면서 무겁고 게다가 번잡스러운 느낌을 주는데, '바보'에게서 받는 느낌은 실로 '한적함'이며 '아득함'이다. '따뜻함'이며 '부처'의 경지이다. '현인'이나 '위인'은 어떻게 보아도 '부처'다움은 보이지 않는다. 차가운 직선이며 고통스러운 삼각형이다. '바보'를 만나면 구원을 받지만, '현인'이나 '위인'은 우리를 추궁한다.

그렇다. 항아리는 재미가 있다.─이쪽의 마음가짐에 따라서 '우둔'하게도 보이고 '현명'하게도 보인다. '냉담'하게도 느껴지고 '온화'하게도 느껴진다. 그리고 또 장난을 치는 것 같기도 하고, 조소하는 것도 같고, 비꼬는 것처럼도 보인다. 아무래도 이는 일본의 감성이다. '선(禪)'을 숭상하고 '차'를 좋아하고 전통 시인 센류(川柳)나 하이쿠(俳句)를 짓는 취미와 바로 동일선상에서 움직이고 있다. 종이에 먹 한 획을 그면 그 번짐의 민감함과 미묘함으로 무한의 시취를 느끼는 일본인의 감성이다. 에도시대의 문인화가 다이가도(大雅堂)는 '그리지 않는 것이 가장 어렵다'라고 했는데 그리지 않는 공간을 이용하는 정취와 여운 등은 번들번들한 유화를 그리는 서양인들이 도저히 이해하기 어려운 특수한 세계다. ―나는 조용히 두 항아리를 바라보면서 홀로 이런 생각을 했다.

　N씨는 여전히 쟁반을 닦으면서 그 광택을 전등 빛에 비추며 바라보고 있었다.

조선 속담에 나타난 돈과 여자

인간은 제멋대로다. 자기 위주로 생각한다. 그리고 무척이나 복잡한 동물이다. 그런 인간이 만든 세상이 물론 그리 간단할 리는 없지만, 세상이란 대충 움직이기 마련이다. 세상은 도리를 원하면서도 실은 도리를 따르지 않는다. 지식을 원하면서도 실은 지적이지도 않다. 바름을 원하지만 바르지도 않다. 소세키(漱石)는 '지적으로 움직이면 모가 난다. 정으로 기울면 휩쓸려가 버린다. 의지를 내세우면 갑갑하다. 어쨌든 인간 세상은 살기 어렵다.'라고 했는데, 세상이 한 가지 방식으로만 이루어지는 것이 아님을 응시하고 있다. 이 한 구절은 매우 경묘하게 표현하면서도 결코 단순한 직감은 아니다. 매우 깊은 경험과 사색을 통해 이루어지만 뛰어난 경구(警句)다.

조선의 속담 중에 조금 특이한 표현으로, '똑바로 서서는 변을 볼 수 없다'라는 것이 있다. 이것과 같은 뜻을 가진 내지 속담에, '사람과 병풍은 똑바로 서지 않는다'라는 것이 있다. 이것을 보아도 과거 여러 민족들이 모두 사회고, 생활고에 괴로움을 느껴왔음을 알 수 있다. 그들에게는 주판알을 튕기듯이 딱 자를 수 없는 세상사의 어려움이 심각하게 인식되고 있었다.

그래서 센류가 생겨나고 만화가 생겨나고 속담이 생겨났다. 센류나 만화나 속담은 두말할 필요도 없이, 인간이 사회생활에서 꺾여야 할 때 분출되는 울분이다. 그렇지 않다면 냉소이고 풍자이며, 욕설이자 경고다.

세루만은 속담이란 긴 경험에서 만들어진 짧은 구절이라고 했고, 한 로마의 시인은 '독이 있고 꿀이 있고 몸은 작다'라고 했으며, 일본의 구마시로 히코타로(熊代彦太郞) 씨는 '널리 세상에서 회자되는 함축이 있는 단시'라고 했다. 이 간단하고 비속한 짧은 구절에 상당한 함축과 시취가 있으며, 심원한 지식의 샘이 콸콸 솟아나온다.

일본 내지의 속담을 읽어 볼 때 가장 화려하게 보이는 것은, 여러 사람들이 말하듯이 무사에 관한 것이다.

꽃은 벚나무 사람은 무사 / 무사는 서로 도와야한다 / 무사는 두말하지 않는다 / 무사는 못먹어도 이쑤시개를 쓴다.

이러한 속담을 접하면 단순히 아름다움이나 도덕관념뿐 만 아니라, 무사라는 한 계급이 얼마나 국민들의 이상이었는지, 또한 정이나 기개, 의기와 식견 등의 여러 가지 점에 있어서 일반인의 모범이자 지도자였는지가 드러나며, 무사 스스로도 그런 태도를 가졌고 사람들도 이를 인정했다는 것이 유감없이 드러난다. 이에 반해 조선에는 무사에 관한 속담이 하나도 없다. 이는 과거 조선과 일본 양국의 역사가 얼마나 다른 것인지를 명확하게 나타내는 것이 아닐까.

조선에는 양반이라는 특권 계급은 있었으나 소위 무사라는 계급은 없었기 때문에 그러한 속담이 남아있지 않은 것은 당연한데, 이 양반 중에는 일본의 무사와 같은 기개가 있고 마음이 고결한 자들도 물론 있었을 것이다. 그러한 한 예로 이런 이야기가 있다.

어떤 가난한 귀족이 있었는데 그는 며칠 동안 제대로 음식을 먹지 못하고 있었다. 그의 아내는 결국 궁핍함을 참지 못하고 근처의 욕심 많은 농부의 집에 몰래 들어가 쌀을 훔쳤다. 그리고 그 쌀로 죽을 끓여서 남편 앞에 가져갔다. 그러자 남편은 이를 괴이하게 생각하고 "집에 쌀도 돈도 없을 텐데 어디서 이 쌀을 가져왔는가?"라고 물었다. 아내가 "어떻게 조금 구했어요."라고 말하니, 남편은 "어떻게라는 것이 무슨 뜻인가?"라며 꼬치꼬치 물어보고는 죽을 먹으려 하지 않았다. 결국 아내도 더 이상 숨기지 못하고 자신의 잘못을 고백하니 남편이 화를 내지 않을 리가 없었다. 그는 갑자기 몽둥이를 가져오라고 하더니 이것으로 아내를 때리고는 "굶어 죽는 한이 있어도 그런 부정한 죽은 먹을 수 없다"고 질책하고, 그 죽을 버리게 했다.

또한 속담 중에 여행에 관한 것이 없다는 점에서도 조선의 역사를 알 수 있다. 내지에서 유람은 많이 행해져 온 것으로 일종의 풍습인데 이러한 여행이나 유람 등에서 나오는 희비극은 과거 일본 문학의 과반수를 점하고 있다. 기노 쓰라유키(紀貫之)의 도사일기(土佐日記), 다케토리 이야기(竹取物語)를 비롯하여 전통시인 와카(和歌)나 하이쿠, 그리고 잇쿠(一九)의 소설 히자구리게(膝栗毛)에 이르러서는 여행문학의 인기가 절정에 도달했다. 히로시게(廣重)는 그것을 그림의 선으로 표현했고, 머무는 쉰세 곳의 땅에 향토예술의 씨를 뿌렸다. 그리고 도쿠가와(德川)시대에 많이 저술된 강담본(講談本)도 말하자면 여행 문학이다. 여러 산천과 낯선 하늘 아래에서 순례자나 걸인이 되기도 하고, 병이 들거나 산적을 만나거나 여러 가지 고생을 하는 대목에서 독자들은 눈물을 흘리며 즐거워한 것이다.

조선의 일반 백성들에게는 도저히 여행이나 유람을 할 정도의 기력이나 여유, 자유가 주어지지 않았다. 그 대부분은 양반들의 횡포와 국왕의 가혹한 정치로 고통받았다. 가까운 예로 대원군이 만든 경복궁이 있다. 그 장대한 궁전은 백성들의 어려움을 돌아보지 않고 그들의 고혈을 짜내어 지은 것이었다. 따라서 주민들은 빈곤의 나락으로 떨어지고 자포자기하게 되어 여행 따위를 할 여유는 물질적으로도 정신적으로도 가질 수 없었던 것이다. 따라서 세태나 인정을 그대로 비추는 속담에 조선의 여행은 나타나지 않는 것이다.

굳이 예를 들자면, '나를 버리고 가시는 님은 일 리도 못가서 발병난다. 울고 매달리는 님의 소매 뿌리치고 가시네. 끝없는 길에 날은 저물고 객사의 등불은 쓸쓸한데 잠들지 못하는 하루 밤을 뜬 눈으로 지새우는 나의 마음을 알 리 없어라.'라는 민요가 있다. 그리고 속담에는 다음 두 구절이 있는 정도이다.

의주 파발도 똥 눌 새가 있다. / 주인 많은 나그네 밥 굶는다.

이것을 내지의 속담인, 다음의 네 구절와 비교해보면 상당히 차이가 있다.

> 귀여운 아이에게는 여행을 시켜라. / 여행은 쉬운 것이자 어려운 것이다. / 여행에서 겪는 부끄러움은 잊어버려도 된다. / 여행에는 길동무가 필요하고, 세상에는 정이 필요하다.

내지의 속담은 '여행'에 관한 현실감이 있다. 우리 과거의 여행을 포착하고, 응시한다. 하지만 조선의 속담에는 그것이 없다. '여행'을 정면에서 혹은 이면에서 파고들지 않는다. 이는 조선의 옛사람들의 생활에 '여행'이 밀접하게 관계되어있지 않았다는 증거이다.

축첩을 공공연하게 허용했던 조선이니만큼 조선 속담에서 첩이나 처에 관한 속담은 단연코 많다.

서양 속담에는 다음과 같은 것들이 있다.

> 질투는 일가의 불씨다. / 아름다운 여자는 집안을 다스리지 못한다. / 조신한 부인은 신의 선물이다.

위처럼 부부관계를 다루는 속담이 서양 속담에는 많은 반면 내지의 경우에는 부모자식간의 관계를 다룬 것이 많다.

> 자식을 부모만큼 아는 이는 없다. / 부모 마음을 자식은 모른다. / 효도하고 싶을 때 부모는 없다. / 자식 때문에 분별이 없어

진다. / 부모는 일생동안 자식에게 속박 당한다. /

이에 비해 조선 속담에서는 처와 첩의 관계를 다른 것이 가장 이색적이라고 생각된다. 예를 들면 다음과 같은 것이 있다.

시앗 싸움에 요강장수 / 시앗을 보면 길가의 돌부처도 돌아앉는다.

또 창기에 대한 것으로는 다음과 같은 속담이 있다. 파리 수보다 기생이 셋 많다. 이를 보면 옛날에는 상당히 기생이 많았던 것으로 보인다. 대개의 사람들은 '조선'이라는 말을 들으면 '불결함'을 연상할 정도며 따라서 파리도 많다. 위생과에서 '파리 잡기 데이'를 설정하여 그 선전 비라를 여기저기 붙이는 것을 보면 아마 상상이 갈 것이다. 그렇기 때문에 파리보다 기생이 많다고 하는 것이다. 물론 속담은 과장을 좋아하기는 하지만 말이다.

또한 여자의 어리석음이나 수다스러움에 대해 말하는 속담으로는 다음과 같은 것이 있다.

간다, 간다 하면서 아이 셋 낳고 간다. / 아내에게 한 말은 나도 소에게 한 말은 나지 않는다.

이와 같이 여자의 약점을 거침없이 간파했다.

어느 나라의 민족에게도 여자에 대한 속담이나 농담은 많이 있

을 것이다. 일본 속담에도 여자에 관한 것은 많지만 조선 속담처럼
차갑게 바라보거나 모욕하지는 않는다. '여자는 어디에도 몸을 둘
곳이 없다'는 속담도 있지만 대개 여자는 어려운 존재, 애정에 이
끌리는 존재로, 냉대하기보다는 따뜻하게 쓰다듬는다. 여자에 관한
조선 속담에 남성의 이기심이 유감없이 발휘되고 있는 것처럼, 자
신의 이익에 관한 속담 중에는 상당히 기발한 것들이 있다.

> 병이야 낫든 안 낫든 내 약값이다. / 열이 먹다 아홉이 죽어
> 도 모른다. / 달면 삼키고 쓰면 뱉는다. / 개도 제 털을 아낀다.
> / 제 발등의 불 먼저 끄고 아비 발등의 불을 끈다.

이렇게 심각하게 이기적인 마음을 토로한 속담들은 아마도 다른
나라들에는 별로 없을 것이다. 동물적이고 원시적인 감정이 생생하
게 드러나 있지 않은가?

그리고 금전에 관한 것으로는 이런 속담들이 있다.

> 돈만 있으면 처녀 고환도 산다. / 돈이 제갈량이다. / 돈만 있
> 으면 귀신도 부릴 수 있다. / 제 돈 칠 푼만 알고 남의 돈 열네
> 닢은 모른다.

위 속담들은 앞서 말했듯이 '여행'에 관련된 것과는 비교할 수
없다. 피가 흐르고 있는 생생한 것들이다. 결코 공허한 말이 아니
다. 돈이면 지옥문도 연다는 인생관이 절절히 이 민족의 폐부에 깊

이 들어차 있다.

그리고 돈을 원하는 그들은 그만큼 열심히 일하며, 열심히 저축을 한다. '단단하기만 하면 벽에 물이 고이나'라는 표현으로 단순히 금전을 아끼는 것만으로는 돈이 모이지 않는다고 이야기하며, '소같이 벌어서 쥐같이 먹어라', '여름에 하루 놀면 겨울에 열흘 굶게 된다', '누워서 떡을 먹으면 팥고물이 눈에 들어간다' 등은 모두 노동을 해야 한다고 권하고 있다. 특히 기발하고 재미있는 것은 '돼지는 제 잡을 물을 끓이라고 한다'는 속담이다. 이 속담의 의미는 한 농부가 어느 날 손님이 찾아와서 기르던 개를 잡아서 대접하려고 했다. 그러자 개가 말하기를 자기는 평소에 밤에도 안 자고 집을 지킨다, 지금 자기를 죽인다는 것은 너무나 무정하지 않은가, 라고 했다. 농부는 그 말을 듣고 이번에는 닭을 잡으려고 했다. 그러자 닭은, 나는 항상 매 시마다 울어서 시간을 알려주고 있다, 지금 나를 죽이는 것은 잔혹하다, 라고 말했다. 농부는 당황하면서 이번에는 소를 잡으려고 마음먹었다. 뭐가 어찌 되었든 소는 가만히 있겠지, 하고 생각했다. 하지만 소는 두 뿔을 흔들며, 나는 무거운 짐을 나르고 논밭을 갈아 주인을 위해 쉴 틈 없이 일했다, 왜 오늘 나를 죽이려고 하는가, 라며 호소했다. 주인은 그 소의 말을 듣고 어찌할 바를 몰랐다. 조금 짜증이 나서 돼지를 붙잡았다. 그러나 돼지는 아무런 변명도 없이, 그저 기운 없이 "물을 끓여주세요."라고 말했다. 물을 끓여달라는 것은 돼지를 죽이려면 먼저 따뜻한 물로 씻기 때문이다. 따라서 죽여 달라는 말과 같다. 이 교훈적인 이야기에서 앞서 거론한 속담이 나온 것이다. 이 이야기를 알고 속담을 읽으면 정말 재미가 있다. 일한다는 것이 얼마나 권력을 창출하는 것인지를 알 수 있다. 일하는 것이 처세에 있어 가장 중요한 점이다.

그 외에도 여러 방면의 일에 대해 조선의 속담은 준열하게 비평을 하는데, 여행에 대한 이런 속담이 적은 것은 아쉬웠다. 그러나 사회 현상을 생생하게 포착하는 속담을 힐책할 수도 없는 일이다. 무엇보다 먼저 느낀 것은 언표 방식이 소박하고 유치하며, 실질적이면서 무기교적이라는 것이다. 내지의 속담처럼 세련되지 못했고 기교화되어 있지 않다. 내지 속담은 상당히 예술적이어서 그중에는 시로 보아야 할 만한 것들도 있는데 반해 조선의 속담에는 예술화된 것이 없다. 그 조선 속담에 나타난 열정은 실질적인 순정이며 원시적인 열정이다.

또한 조선 속담을 통해 재미있다고 느낀 것은 여자와 금전에 관해 특히 강렬한 의식이 작동하고 있다는 것이었다. 여자와 금전에 대해 정직하고 충실하게 관찰하는 노력을 아끼지 않았다. 그리고 이를 심각하게 인식하게 인식하고 있다. 당의 시인 이백은 밝은 희망을 품었다가 여자 때문에 울었지만 조선의 속담 작가는 결코 울지 않았다. 그들은 차가운 눈으로 여자의 행적을 비웃고 있다.

조선의 비와 전설

올해는 예년에 비해 더위가 빨리 조선에 찾아와 이삼 일 전에는 밤에도 무더위 때문에 잠들지 못했다. 이 지역은 낮이 아무리 더웠던 날이라도 저녁이 되면 하늘이 깨끗하게 개이고 서늘한 기운이 넘쳐흐르므로, 더워서 잠을 잘 못 잔다는 것은 드문 일이다. 저녁 하늘의 아름다움은 내지에서는 좀처럼 보기 힘든 광경이다. 시원한 것도 마찬가지다. 그런데 이곳에서 이삼 일이나 잠을 잘 못 잘 정도로 무더웠던 것이다. 하지만 그저께부터는 드디어 장마철이 되어서 비가 내리고 있다.

이쪽은 내지에 비해서 훨씬 강우량이 적고 장마철이 아니면 하루 종일 비가 내리는 일은 드물다. 그러나 옛날에 비하면 비가 많이 온다고 사람들은 말한다. 그러고 보니 내가 학교를 졸업한 무렵 됴쿄의 간다(神田) 아와지초(淡路町) 여관에서 시바사키(柴崎) 교장 선생님을 만났다. 교장 선생님은 나에게 경성 중학교 교사로 와달라고 했다. 나는 두 번 그 제의를 거절했었다. 마침 그때 다이세(大成) 중학교와 동양상업(東洋商業) 쪽에서 취업 이야기가 진행되는 중이었으므로 도쿄에 있고 싶었기 때문이다. 하지만 시바사키 교장의 간청에 결국 마음이 움직였다. 드디어 가겠다고 약속을 했을 때 교장선생님은 조선에 대해 이야기를 해주셨다. 그 이야기들은 모두 조선을 모르는 내가 조선으로 건너오는데 다소간의 도움을 주려는 노파심에서 기인한 것이었으리라. 교장 선생님의 말로는 조선에서는 거의 우산이나 나막신(비오는 날 용)은 필요가 없다고 했다. 1925년 4월 2일에 나는 경성에 도착했다. 교장 선생님 말과 똑같지는 않았지만 확실히 비는 적게 내린다고 생각했다. 그런데 최근에 비가 많아졌다. 그 이유를 사람들에게 물어보니, 한일강제병합 이후로 식수 사업을 진행한 결과라고 했다.

전문적인 지식 없이 하는 해석과 상상으로 생각해보면, 혹시 그런 것이 날씨와 깊은 관계가 있을 지도 모른다. 그러나 이것은 내지인들의 주장이다. 조선인들은 기후가 바뀐 이유를 전혀 다른 곳에서 찾고 있다. 물론 지식계급들이 믿는 얘기는 아니겠지만, 내지인들이 들어오고부터 비와 홍수가 잦아지고 갑자기 이유 없이 천둥소리가 나서 인심을 흉흉하게 한다는 것이다. 즉, 신이 노했기 때문이라고 생각하고 있었다. 매우 유치하고 원시적인 생각이기는 하지만 애처롭다. 일본인의 사고는 유치하면서도 과학적이고 조선인의 사고는 어디까지나 종교적이며 미신적이다. 조선에는 일본의 할머니가 절에 가서 기도를 하고 포플러 나무가 둥둥 떠있는 부패한 물을 눈에 바르고 눈병이 낫기를 기원하는 정도는 별 것도 아닐 정도로 미신이나 속설이 많은 나라이기 때문에 비나 천둥에 대해서도 그렇게 믿고 있겠지만, 한편으로 며느리에 대한 시어머니의 비뚤어진 마음 같은 반감이 있어서 어쨌든 그렇게 말해야 진정이 되는 부분도 있을 것이다.

비에 대한 이야기인데 내지의 비와 조선의 비는 그 분위기가 다르다. 내지의 비는 대개 선이 가늘고 봄비도 소나기도 정취가 있으며 따뜻함이 있고 아쉬움이 깊이 남는 점이 있다. 반면 이쪽의 비는 선이 굵다. 따라서 정취에 대해 표현하자면 의지적이고 장엄하며 내지의비의 따뜻함에 비해 차가움이 느껴진다. 아쉬움과는 대조적으로 거침없는 느낌이며, 변덕스럽기도 하다. 조선에서는 소나기가 아닌 비라도 소나기처럼 지붕을 두들기듯이 내린다. 세차게 내리는구나 하고 있다 보면 잦아들고 잦아들었구나 하면 쟁반을 뒤집을 듯이 다시 퍼붓는다. 쟁반을 뒤집을 듯이 퍼붓는다는 말은 중국인들이 생각해낸 비유인데, 이렇게 대륙적 기후를 접해보니 단지 중국인들의 형용이라고 멸시하지는 않게 된다. 여기에는 지치지 않는 맛이 있다. '하늘은 높고 말은 살찌는 때'라는 말도 대륙의 가을 투명하게 청명하고 숭고한 하늘과 청정한 공기에 대한 실감 없이는 전혀 생명력이 없는 말일 뿐이다. 도쿠토미 소호(德富蘇峰)선생이 양자강 연안의 경치를 전한 편지 중에 다음과 같은 구절이 있다.

渺渺奔波與岸平
망망한 물결은 분주히 움직이다 벼랑에 부딪혀 잦아들고

半江雷雨半江清
강의 반은 천둥치는 비처럼 일렁이고 나머지 반은 깨끗하다

布帆多在柳梢上

버드나무 가지위로 보이는 많은 돛단배

椋水沙禽不識名

느릅나무와 물과 모래와 이름 모를 새

이것은 정말 실경을 그린 것이다. 한 글자도 허구가 아니다. '소나기 오는 하늘보다 더 넓은 무사시노 들'이라고 오타 도칸(太田道灌)이 읊은 시도 지금 떠올라 적어본다. 나는 어쨌든 조선에 와서 대륙적인 기후를 접하고 중국인들의 과장된 형용이나 앞서 소개한 소호 선생의 시를 현실적이라고 느끼게 되었다. 비에 대해 생각하니 떠올랐는데 조선에는 조선 특유의 비를 피하기 위한 도구가 없다. 내지에서는 황매화 가지에 영웅 도칸을 놀라게 한 소녀 이야기를 인용할 필요도 없이, 문학이나 회화에서 비옷이나 우산과 같은 비를 피하는 도구가 많은 활약을 하고 있다.

笠の緒に柳わかねる旅出かな

삿갓 끈 위해 버드나무 둥글려 여행 떠나네

春雨や蓑ふきかえす川やなぎ

봄비가 오네 도롱이와 버드나무 바람에 날려

春雨や小磯小貝ぬるるほど

봄비 내리네 바닷가 작은 조개 젖어 빛나네

春雨やものがたりゆく蓑と傘

봄비 내리네 이야기하며 걷는 도롱이 우산

위와 같은 시 이외에도 많은 작품들이 있다.

또한 회화에도 도롱이나 우산, 낚싯대를 메고 가는 그림은 낯설지 않다. 히로시게(廣重)는 비의 시인이다. 도카이도(東海道) 53개 명소를 그린 우키요에에는 비와 눈을 그린 작품에 보다 많은 히로시게의 기량과 진가가 드러나는 것을 느낄 수 있다. 하지만 조선에는 그러한 것이 없다. 내지의 동그란 무늬가 들어간 뱀눈우산 같은 것이나, 검은 서양우산을 전혀 사용하지 않는 것은 아니지만 그런 것을 사용하는 사람들은 소수의 신사들이고, 대부분은 조잡한 우산을 쓰거나, 그것도 없이 하층민 남녀 모두가 아무렇지도 않게 비를 맞는다.

말할 것도 없이 조선에서는 벼도 보리도 모두 경작을 한다. 따라서 비가 내려야 할 필요가 있다. 하지만 어떨 때에는 심하게 많이 내리고 반대로 30일, 40일이나 비가 오지 않을 때도 있다. 그럴 때는 조선에서도 내지와 마찬가지로 기우제를 지낸다. 내지에서도 헤이안 시대에는 기우제가 자주 행해졌다. 오노 고마치(小野小町)의 유명한 작품에 '신이 있다면 어서 서둘러 비가 내려오는 입구를 열어 주십시오'라고 비를 기원하는 시가 있을 정도이다. 또한 내지에도 비를 기원하는 연못이라는 전설의 연못이 있는데 조선에도 그런 연못이 있다. 비를 기원하는 연못이라고 하면 나는 어렸을 때가 생각난다.

우리 집 문 앞에 작은 감나무와 뽕나무가 있었는데 하늘이 흐려지면 거기에서 청개구리가 개굴개굴 울곤 했다. 봄비가 추적추적 내리는 날에는 어머니가 바느질을 하면서 얘기했다. "청개구리는 왜 우는 거야?"라고 내가 묻기라도 했던 걸까?

"청개구리 엄마는 바다에 소금을 캐러 갔지. 그런데 비가 와서 소금이 다 떠내려가 버렸어. 그래서 집에서 엄마를 기다리고 있는 청개구리가 우는 거란다."

"비가 오면 소금이 떠내려가?"이상하다는 듯이 물어보는 나에게 어머니는 이렇게 말했다.

"그럼 떠내려가지, 우리 부엌 부뚜막 아래에 있는 소금을 봐."

어머니는 부엌 쪽으로 눈짓을 하고는, "며칠 동안이나 계속 비가 오면 그 속에서 소금이 녹겠지!"라고 이야기하곤 했다.

그런데 이것과 매우 비슷한 전설이 조선에도 있다. 그 내용은 이렇다.

옛날에 한 마리의 불효자 개구리가 있었다. 어찌 된 성격인지 절대 어머니가 하는 말을 착하게 듣는 법이 없었다. 산에 가라고 하면 강으로 갔다. 강으로 가라고 하면 산으로, 서쪽으로 가라고 하면 동쪽으로, 동쪽으로 가라면 꼭 서쪽으로 가는 식이었다. 어머니는 자식에 대해 걱정을 많이 했지만 결국 어머니가 죽을 때까지 고쳐지지 않았다. 어느 날 어머니가 병이 들었다. 그리고 이번에는 다시 건강해질 수 없으리라고 생각했기 때문에 이 불효자를 머리

맡에 불러다가 유언을 했다.

"이번에는 정말 다시는 건강해지기 어려울 거라고 생각한단다. 그래서 미리 너에게 당부를 해 둘 테니, 만일 내가 죽거든 강가에 시체를 묻어주렴." 이렇게 말하고는 조용히 숨을 거두었다. 불효자 개구리는 처음으로 죄송한 마음이 들었다. 평소 자신의 행동에 깊은 후회를 했지만 이제 와서 어쩔 수 없는 일이었다. 그는 적어도 유언만큼은 지켜야겠다고 생각하고 시체를 강가에 묻었다. 그래서 비가 오면 강 수위가 올라가서 어머니 묘가 떠내려 갈까 봐 우는 것이라고 한다.

비에 관해서 또 하나 비슷한 전설이 있다. 평안남도 개천군 북원면 헌병 분견소에서 북쪽으로 약 일 리 정도 떨어진 안만 도로를 따라 서쪽으로 한 정(町) 정도의 저수지가 있었다. 이 연못은 예로부터 기우(祈雨)를 위한 저수지로 조선인들 사이에서는 일종의 공포와 숭앙을 모두 포함하는 신비로운 의미가 있어서 그 물도 만지지 않을 정도였다. 그 덕분에 잉어와 붕어, 자라 등이 무수히 서식하며 유유자적하고 있었다. 이를 알게 된 내지인들은 아쉬워했지만 그렇다고 해서 이를 건드릴 만한 사람도 없었다.

그런데 1917년 4월 28일에 북원에 사는 가지와라는 남자가 요즘 세상에 잉어나 붕어를 잡는다고 무슨 일이 있겠냐며 내지인 젊은이 몇 명을 모아서 투망과 여러 도구를 가지고 저수지로 갔다. 그들이 막 투망을 던지려는 순간, 지금까지 맑던 하늘이 갑자기 흐려지면서 바람이 불기 시작하고 날씨가 매우 나빠졌다. 그리고는 천둥이 치더니 폭우가 내리기 시작했다. 일동은 처음에는 잠시 뭐어때, 하고 생각했으나 점점 일종의 공포감을 느끼고 엉금엉금 기어내려오듯 도망쳐서 돌아왔다. 이 일이 크게 알려지게 되어서 여러 소문도 생겨났다. 가지와라 등은 이대로 가만히 있으면 내지인의 망신이라며 이번에는 전보다도 더한층 큰 규모로 저수지 물 전체를 말려 버리고 '미신을 믿는 이들의 눈을 뜨게 해주겠다'라면서 여러 팀으로 나누어 작업에 착수하려고 했다. 그 순간 다시 지난번처럼 날씨가 갑자기 급변하여 흐려지면서 뇌우는 전보다도 더 강하게 내려치고 도저히 저수지로 접근할 수가 없었다. 그래서 결국 미신을 타파하려는 시도를 단념했다. 이 일은 헌병 분대장이 경무부장에게 보고한 사실로 1917년 5월 25일『서선일보(西鮮日報)』에 게재되었다.

이와 매우 비슷한 내지의 전설이 있는데, 여름에 한 발이 계속되자 농부는 논의 물을 댈 수가 없어서 저수지에 기우제를 드리러 갔다고 한다. 안타깝게도 그 저수지의 이름과 소재지는 잊어버렸다. 어쨌든 우리 마을의 식견이 풍부하신 한 노인의 이야기에 따르면 그 저수지에는 한 마리 큰 용이 있었다고 한다. 그리고 비를 내리게 해달라고 빌기 위해서는 술통을 메고 가서 그 저수지에 떨어뜨렸다고 한다. 그러자 저수지 중심 부근에서 엄청난 소용돌이가 일어나면서 그 술통은 소용돌이 속으로 세차게 빨려 들어가고 잠시 후에는 저수지 위로 술통이 떠올라 세찬 물결을 타고 저수지 기슭으로 튕겨 나온다. 농부들이 조심스럽게 그 술통을 손으로 끌어당

겨서 보니 통의 뚜껑이 빠져있었다. 용이 안에 있는 술을 마셔버린 것이다. 사람들은 그 빈 술통에 저수지의 물을 담아 짊어지고 돌아온다. 그리고 마을에 그 물을 뿌리고 기다리고 있으면 삼일 안에 반드시 비가 왔다. 대략 이런 내용이었던 것을 기억하고 있다.

조선의 전설과 내지의 전설은 그 내용들은 다르지만 어딘가 공통점이 있어서 나에게는 흥미롭게 느껴졌다.

중국작가에게 보내는 글
―『가이조 현대중국호(改造現代支那号)』를 읽고―

가이조사가 하계 증간호로 현대중국의 저명한 사상가, 시인 및 창작가들의 역작을 편집하여 <현대중국호>로 일반 민중들에게 선보인 것은 현 정세에 비추어 장래를 생각하는 것으로 보인다. 더욱이 앞으로 곧 전개될 세계를 내다볼 수 있을 것이라고 경탄하며 그 성의와 근면함에 감사를 드린다. 또한 동시에 가이조사의 이 계획에 대해 기고를 흔쾌하게 수락하고 날카로운 식견과 깊은 경험에서 나오는 역작을 보내준 중국 명사들의 열정과 이웃나라 일본을 생각하는 마음에 깊은 감사를 해야 할 것이다.

현재 소위 생각 있는 인사들 중에 이웃나라 중국에 대해 말하지 않는 이는 없다. 중국을 이해하고 중국과 친해져야 한다고 주장하지 않는 이도 없다. 과거에 일본은 좋든 나쁘든 중국의 문화 및 제도를 모방했고 어떤 점에서는 일본이 중국의 연장이나 분점과 마찬가지로 보인 시대도 있었으며, 과거의 중국 철학과 문예는 상당히 깊은 이해와 평가를 받아왔지만, 안타깝게도 현대 중국의 문화 상태에 대해서는 그다지 이해되고 있지 않다. 이백, 두보, 백거이, 왕유를 알고는 있지만 현대 중국시를 아는 이는 많지 않다. 서유기, 수호전, 삼국지, 홍루몽은 읽었지만 현대 중국 소설을 읽고 이해하는 이는 과연 몇이나 있을 것인가? 물론 나에게도 현대 중국에 대한 지식은 전무하다. 그러므로 더욱더 유감인 것이다.

무슨 일이든 말은 쉬우나 행동하기는 어려운 법이다. 우리 일본이 어느 나라보다 먼저 이웃 중국과 친해져야 한다고 주창을 한 것치고는 실제로 그렇게 행하지 않았던 점은 뒤집어서 생각해보면 이상한 일이다. 나의 유치한 일반인적 생각이기는 하지만, 일본 군대는 때때로 중국을 위해 활약했다. 교통기관은 끊임없이 중국과 접촉하고, 동양 평화를 위해 협력과 친교를 시도한 일도 없지 않다. 그러나 그러한 대부분의 일은 타국으로 하여금 의심의 눈으로 날카롭게 일본을 보게 할 뿐만 아니라 중국에서조차도 일부 사람들의 오해를 불러일으키지 않았는가.

또한 단지 두세 명 혹은 수 명의 유명인들이 일중 양국의 친교를 목적으로 중국에서 노닐며 중국과 일본을 내방한 일도 있는데, 그런 소극적인 방법으로는 과연 어떻게 중국 현대사회의 진상이나 추세나 경제 상태 및 인정 등을 민감하게 파악할 수 있겠는가. 닭이 울어도 아직 밤은 어두운 갑갑함과 유감을 품지 않을 수 없다. 더욱 대대적으로, 매우 적극적으로, 국민들의 전체적 대접근이 필요한 것이다. 형식적인 인사 치례를 제거하고, 벌거숭이가 되어 모든 흉금을 터놓고 교류해야 할 필요가 있다. 남자나 여자, 노인이나 아이들, 그리고 정치가, 학자, 시인, 예술가, 상인, 학생 등 모든 국민이 함께 마음에서 마음으로 혈액에서 혈액으로 전해지는 성실한 감염이 필요한 것이다. 이 중대한 역할을 다하기 위해서는 문예

교환이 중요한 위치를 차지할 것임은 두말할 필요도 없다. 이런 생각에서 <현대중국호>의 간행은 전신의 희열을 느끼게 할 수밖에 없다. 그리고 단순히 좁은 범위의 문학 사상에 한정해서 생각하더라도, 향후 일중 양국에 있어서 이번 일이 어떤 도화선이 될 수밖에 없을 것이라고 생각되므로 정말 유쾌한 일이다. 이렇게 유쾌하게 느낀 이는 단지 나뿐만이 아니다. 또한 이 <중국호>를 매개로 하여 중국인 문사의 정열을 접하고, 이전보다 더 중국에 대한 친근감을 품게 된 사람들도 꽤 있었을 것이라고 상상해본다.

나는 이번 <중국호>를 보면서 추상적인 혹은 보편타당성을 주안으로 하는 철학적인 논문을 읽기 전에 먼저 중국작가의 손에 의한 창작물을 읽기로 했다. 그 편이 중국 사회의 상태나 일상생활을 구체적이고 직접적으로 그리고 비교적 정직하게 엿볼 수 있으리라고 생각했기 때문이다. 물론 겨우 몇 명이 쓴 창작물을 몇 편 읽었다고 해서, 그 국민의 사상이나 무산계급 및 부인의 자각, 특질, 위치 등에 대해 어떤 지식도 갖추지 못한 부족한 내가, 복잡하고 세계에서 가장 불가해한 나라로 보이기도 하는 동양의 대국 중국의 심장으로 뛰어들 수 있는 것은 아니라는 것쯤은 물론 잘 알고 있다. 하지만 나는 이 몇 편을 읽음으로써 일종의 만족을 얻었고, 그 배의 친애의 감정을 중국에 대해 품게 되었, 이것이 물론 일시적인 것이라고 하더라도 기쁘게 생각한다.

나는 열심히 중국 명사들의 작품을 애독했다. 그리고 무엇보다 감사했던 것은 작품을 너무나도 경건하고 성심성의껏 썼다는 점이었다. 또 이와 함께 일본 작가들은 조금만 유명해지면 대가 행세를 하는 듯 보여서 불쾌할 때가 많다는 생각도 들었다. 이는 물론 그 작가의 예술적 양심의 유약함과 인격의 부족함에서 오는 것이다. 우리 문단에 수백이나 될 정도의 문인 작가가 있으며 그들 동료 사이에서는 거창하게 천재라고까지 불리지만 사실은 평범하며 대단한 작품을 발표하지도 않는 이가 있다. 작가들이 분개하듯 통찰력과 식견이 넘치는 비평가가 꼭 없는 것만은 아니다. 사회나 독자가 저급한 것만도 아니다. 가장 중요한 원인은 작가 자신의 예술적 정열이 부족하기 때문이다. 대가인 척 행세하는 것은 동물적이고 육체적이며 과장된 허식일 뿐이다. 그 결과 자신 스스로가 이미 완전하다는 전제 하에 여러 사회 현상을 대하게 되며, 주의력이나 친절함이 결여되고 인생의 이해도 철저하게 하지 못하게 되며 맑은 사색의 힘이나 엄격한 성실함도 잃게 된다. 아리스토텔레스가 말한 '사유의 경이로움, 방황하는 것'도 없을 뿐 아니라 데카르트가 의식한 파괴적의 고통도 없으므로, 그들의 작품에는 사람들의 마음을 깊이 성찰하는 예술적 위력이 결여되어 가는 것이다.

이야기가 너무 샛길로 빠졌지만 조금 더 덧붙이고자 한다. 일본 문단이 부진한 최대의 원인은 앞서 말한 것처럼 대가인 척하는 작가 자신의 어린애 장난 같은 마음자세에 있다. 그러면서 지푸라기에 불이 붙듯이 신흥 혹은 신풍조에는 금방 열광하는 경솔함이 있다. 니체가 유행하면 밤낮으로 니체 얘기뿐이다. 오이켄이 유행하면 자도 깨도 오이켄이다. 타고르도 톨스토이도 도스토예프스키도 그렇다. 어쨌든 이렇게 정견과 견식이 없는 문단의 결점은 다른 면에서도 나타난다. 즉 민중예술이나 대중문예, 프롤레타리아 문예, 신감각파의 문예, 순수예술 대 통속소설 등 한 명이 무언가를 이야기하기 시작하면, 개 한 마리가 짖기 시작하니 백 마리 개가 따라 짖는 것처럼, 따라 하지 않으면 초조하기라도 한 듯 성급히 일제히 떠들어 댄다. 그리고는 유감스럽게도 장작불이 타서 떨어져 내리는 것처럼, 혹은 다리 없는 유령처럼, 최후의 결론을 내리는 이도 없이 휘청거리며 사라져간다.

논지를 다시 반복해서 말하겠다. 중국 작가가 기고한 작품에는 대가인 척하는 마음이나 태도가 없는 점이 무엇보다도 부러웠다.

이 <중국호>에 게재된 작품은 희곡 세 편과 소설 다섯 편으로 도합 여덟 편이다. 단편 소설에는 링슈화(凌叔華) 씨의 「주후(酒後)」, 양쩐성(楊振聲) 씨의 「아란의 어머니(阿蘭の母)」, 쉬쯔어마(徐志摩) 씨의 「아름다운 육체를 본 이야기(美しき肉体を見た話)」, 타오찡쑨(陶晶孫) 씨의 「단편 셋(短編三つ)」 등이 있었고, 그 외에 장편 소설로 짱쯔핑(張資平) 씨의 「큐라쇼(キュラソー)」가 있었다. 이들 단편 소설은 모두 역작으로 상당히 좋은 작품들이라고 생각한다. 그중에서도 「주후」는 최후에, 그림에 비유하지만 한 점이 부족한 한 아쉬움을 남기고 있기는 하지만 큰 흠이라고 할 정도는 아니다. 이 소설은 스스로 자신에 대한 착각이 벗겨지는 이야기를 다루고 있는 것으로 뛰어난 작품이며, 「아란의 어머니」는 전쟁이 낳은 기구한 이야기를 재제로 은유적으로 전쟁을 부정하는 촌철살인 같은 부분이 있다. 하

지만 다섯 편의 소설 중에 가장 역작이며 걸출한 작품은 장편 「큐라소」라는 것에는 한 번 읽어본 사람이라면 누구나 이견이 없으리라 생각한다. 「큐라소」는 인생에 있어서의 연애의 가치를 찬양한 작품인데, 또한 이 작품에 잠재되어 있는 사상은 '무조건의 생활'이다. 이는 결국 작가의 인생관일 것이다.

작품의 줄거리는 호(胡)박사의 외동딸 징옌(靜媛)이 박사가 죽은 후에 여자고등사범학교에 다니게 되면서 자신의 선생이자 호 박사의 제자였던 원루(文如)와 사랑에 빠진다는 내용이다. 원루는 현재 교직에 있으며 처자가 있는 몸이었기 때문에, 다른 학생들보다는 그녀에게 친밀하게 대하기는 했지만 그의 마음속 고통을 밝히지는 못하고 있었다.

그러던 중에 징옌의 어머니는 딸이 혼기가 찬 것이 염려되고 재산에도 욕심이 생겨서 쌀장수의 아들과 결혼을 시키려고 권했다. 징옌은 얌전한 면도 있지만 외동딸인 만큼 제멋대로면서 주장이 강하고 이상을 추구하는 여자였기 때문에 어머니가 권하는 대로 좋아하지도 않는 남자와 결혼하겠다고는 생각하지 않았다. 어머니는 원루에게도 여러 번 이런 이야기를 권하도록 했는데 실은 원루 자신이 위험한 마음을 품고 있었으므로 일이 잘 풀리지 않아, 결국은 감독을 한다는 명목으로 징옌이 원루의 집에 기거하게 되었다. 둘의 사이는 점점 더 뜨거워져 갔다. 징옌은 원루의 아내를 원망하게 되면서 그 복수로 어느 청년과 사귀었지만 금세 헤어졌다. 하지만 그녀는 이미 임신을 하고 있었다. 어느 날 원루 일가와 소풍을

간 징옌은 갑자기 몸 상태가 나빠져서 가까운 병원으로 실려 가는데 결국에는 유산을 하게 되었다. 책임자로서 문책을 당하게 된 원루는 교직을 그만두게 되고, 나중에 징옌은 그에게 자신의 마음을 밝히고 돌아가겠다고 말한다.

나는 이 소설을 읽고 다야마 가타이(田山花袋) 씨의 소설 『이불(布団)』을 연상했다. 그리고 이 명쾌하고 정감 어린 필치와 각 단어와 구절마다 얇은 비단에 꽃을 감싼 것 같은 문장에서는 슈니츨러의 「미련」을 떠올릴 수밖에 없었다.

이 작품 속에서 가장 활약하는 인물은 물론 원루와 징옌이지만, 두 사람의 사랑이 흘러가는 과정이나 외동딸답게 제멋대로인 성격의 묘사, 원루 일가와의 소풍, 쓰러져 병원에 가서 유산을 하게 되는 전후 상황의 묘사 등이 간결하면서도 무리 없이 잘 그려져 있다. 또한 마지막에 원루가 징옌에게 편지를 받고 그녀의 집으로 달려가는 마음도 수긍이 되며 모든 사건이 필연성을 띠는 등 한 점의 흔들림도 없다. 그러나 욕심을 부리자면 징옌은 상당히 사회적인 지위에 처자도 있는 몸이므로 그런 자에게 당연히 수반되는 고통이나 반성을 이렇게 담백하게 처리하지 않았으면 좋았을 것이다. 그랬다면 이 작품이 한층 더 위력이 있는 글이 되지 않았을까.

희곡은 딩시린(丁西林) 씨의 「압박(壓迫)」과 티엔한(田漢)씨의 「점심전(晝飯の前)」, 꾸오쭈루어(郭沫若) 씨의 「왕짜오쭌(王昭君)」 등의 세 편이다. 딩시린 씨의 「압박」은 골계사회극이다. 그리고 무산자가 부르주아 소유권의 전횡에 반항한다는 요즘 유행하는 프롤레타리아 문학이다.

어느 가난한 독신 남자가 어머니와 딸과 집안일을 하는 노파가 살고 있는 집에 하숙을 하려고 그 집 딸과 이야기를 마치고 계약금까지 건넨 후에 이사를 가보니 계약할 때는 없었던 어머니가 독신에게는 방을 빌려줄 수 없다고 했다. 그래서 의견 충돌 끝에 어머니는 경찰을 찾아갔다. 그녀가 집을 비운 사이에 또 한 사람의 직업 부인이 방을 세놓는다는 간판을 보고 찾아와서 다행히 임시 부부가 되어 방을 빌릴 수 있었다는 실로 우스꽝스러운 줄거리다.

딸은 제멋대로에다가 성적인 흥미 이외에는 아무것도 없는 단순한 여자였다. 그 어머니는 또 어머니대로 대부분 집을 비우는 방탕한 여자로, 자신이 집을 비운 사이에 딸이 독신자에게 방을 빌려준다고 약속을 하면 아무런 생각도 없이, 어떤 사정인지도 묻지 않고 반대부터 한다. 딸은 또 부부라면 어떤 사정이 있어도 거절하고 독신이기만 하면 방을 빌려주려고 한다. 이 두 여성은 골계적 인물로서의 자격을 갖추고 있다. 쇼펜하우어는 웃음의 구성 원인을 모순에 두었다. 베르그송은 그 원인으로 여러 가지를 들었는데 그중에 하나는 생명에 역행할 때 웃음이 일어난다는 것이다. 즉 어떤 언어나 거동 자체가 별로 이상하지 않더라도 이를 기계적으로 반복하면 이상해지는 경우가 있다. 「압박」의 골계성은 전술한 두 사람이 말한 '모순'과 '생명에의 역행'이 원인으로 생겨난 것이다. 가장 마지막 단락에서 어머니가 순사까지 데리고 씩씩대며 돌아왔지만 갑자기 가짜 부부가 출현해서 실은 아내가 있었다고 했더니 이전의 험악한 공기는 어디로 갔는지 간단하게 넘어가 버리는 부분은 칸

트가 말한 '모든 중대한 것이 무로 변할 때 골계감을 일으킨다'는 내용에 해당되어 재미있다.

골계 문학을 작성하는 조건은 어느 등장인물에게도 독자를 괴롭게 하는 고통이나 비참함을 부여하지 않는다는 점이다. 「압박」은 그 점에 있어서 매우 무난하다고 생각한다. 하지만 우연히 만난 임차인들의 대화가 너무 길어서 좀 늘어지는 감이 있지 않을까. 제멋대로인 딸이 마지막까지 표면에 드러나지 않고 방탕한 어머니의 구체적인 활약도 약하며 말하자면 한 편의 설화로서의 느낌이 강하다. 딸, 어머니, 순사, 청년이라는 주요 인물의 구체적인 동작이 부족하다. 이것이 이 작품의 결점이 아닐까 한다.

마찬가지로 프롤레타리아 문예로 티엔한 씨의 「점심 식사 전」이 있다. 인간으로서 태어난 이상 살아갈 권리가 있으며 이 권리를 정당하게 주장해 나가자. 그곳에 정의가 있고 또 인간으로서의 존엄이 있다. 따라서 국가는 사람들에게 그에 상응하는 직업을 주어야 하고 우리는 주어진 직업을 존중해야 한다. 따라서 생활권리 혹은 소비력을 특별하게 전유하는 특권계급, 특권인의 존재는 허용되지 않는다. 만약 존재한다면 그것은 국가로서는 불완전한 것이므로 인민은 이러한 결점을 일소해야 할 의무가 있다. 이상과 같은 인식이 지 작품에는 뿌리 깊게 자리하고 있다.

줄거리를 살펴보면, 어느 정객의 아내가 남편의 사후에 세 명의 딸을 데리고 갖가지 사회적 고난과 싸우며 살아가고 있었다. 세 명의 딸은 나이가 차자 한 명씩 여공이 되어 힘든 어머니의 생계를 돕고 있었는데 어느 날 어머니가 병으로 쓰러진 이후로는 약값을 마련하다 보면 쌀을 살 돈도 없는 곤경에 처했다. 마침 딸들이 일하는 공장에서 노동 쟁의가 일어났다. 그것은 단순히 연말 상여금을 지불하라는 것이었다. 그 쟁의에 둘째 딸이 병환 중인 어머니의 눈을 피해 참가했는데 자신의 연인이 총살을 당하게 된 후 스스로 많은 노동자들을 이끌고 회사 측과 맞서다가 결국 그도 총살당한다는 비극이다.

이 작가는 두꺼운 힘 있는 선으로 박력 있게 이야기를 밀고 나간다. 전체적으로 육중한 어두운 분위기가 있다. 맏딸인 언니와 둘째 딸인 여동생이 둘 다 잘 그려져 있으며 상반된 성격의 대조도 재미있다. 또한 인간의 죽음을 다루는 것은 엄숙한 문제이니만큼 어렵기도 하고 오히려 우스꽝스럽게 흘러가기 쉽기도 하다. 특히 변사, 총살 등을 다루는 것은 어렵다. 그럼에도 불구하고 이 두 사람의 총살을 비극으로 빠지지 않고 잘 다룬 것에 감탄했다. 또한 작가가 둘째 딸의 입을 빌려, '기독교의 최대 교훈은 '희생'인데 이는 부덕하다. 아니 부덕하다라고까지는 안 하더라도 최상의 선은 아니다'라고 말하는 윤리관에 나도 동감한다. 인간이 '진실하게 살아간다'는 것과 '희생'은 구별이 되는 것으로, '희생'에는 수단이라는 것이 따라오게 된다. 수단이나 방법이 수반되지 않는 경우는 희생이라고 할 수 없다. 그것은 희생이 아니다. 인간을 수단으로 사용하는 것은 물론 명확히 인간을 모욕하는 것이다. 그리고 인간에 충실하지 않은 것이다.

이 작품은 전체적으로 논의가 표면에 너무 드러나 있다는 점이 결점이라고 생각한다.

딩시린 씨의 「압박」과 티엔한 씨의 「점심 식사 전」도 말하자면 세태를 묘사한 세와모노(世話物)이다. 이에 비해 시대물이자 걸작으로 특히 추천하고 싶은 것은 꾸오쭈루어 씨의 희곡 「왕짜오쭌」이다. 요즘 일본 문단에서 희곡이 인기인데 특히 시대물이 유행하고 있다. 이 경향은 재미있는 현상이라고 생각하고 있다. 마사무네 하쿠초(正宗白鳥) 씨의 「아즈치의 봄(安土の春)」, 마야마 세이카(眞山青果) 씨의 「다이세이 헤하치로(大藍平八郎)」, 「마사카도(將門)」, 치카마쓰 슈코(近松秋江) 씨의 「이즈의 요리토모(伊豆の賴朝)」 등 다수의 작품이 있는데, 이 작품들과 비교하여 꾸오쭈루어 씨의 「왕짜오쭌」은 뛰어나고 손색이 없는 작품이다. 나는 이 작품을 읽으면서 마사무네 하쿠초 씨의 「아즈치의 봄」을 연상하면서 이 작가의 인생관이 마사무네 하쿠초 씨의 인생관과 비슷하다고 생각했다. 이 작품은 몽환적이고 염세적이며 허무적 인생관을 표현하고 있다. 「큐라소」도 「압박」도 「점심식사 전」도 모두 인생을 긍정하고 있는데, 따라서 이 작품도 그래야 한다는 것은 물론 아니지만, 이 작품은 인생을 부정하고 있다.

이 작품의 줄거리를 서술하면, 궁중 화가인 마오옌쇼(毛延壽)와 그 딸이 등장하여 굴원의 초사(楚辭)및 굴원의 인물론 때문에 사건이 일어나는, 궁정의 여성 왕짜오쭌의 인생 이야기이다. 왕짜오쭌은 세 살 때 아버지가 죽고 어머니와 함께 산수가 맑고 아름다운 시골에서 십오륙 년 살고 있었는데 친척이 재산을 노리고 모녀에게는 비밀로 관청에 지원을 하여 어머니를 노비로 만들고, 왕짜오쮠을 궁전으로 호송했다. 궁전으로 들어갔지만 황제의 마음을 얻을 수는 없다. 중국과 흉노의 친목을 위한 희생타로 용모가 가장 떨어진 다는 왕짜오쮠이 선발되어 오랑캐의 왕에게 시집을 가게 되었다. 이에 어머니는 광인이 되었고 왕짜오쮠의 비탄함도 이루 말할 수 없는 지경에 이르렀다. 이렇게 된 이유를 살펴보면 궁정화가 마오옌쇼에게 왕짜오쮠이 막대한 보수를 지불하지 않았기 때문이다. 그리고 더 말하자면 마오옌쇼가 왕짜오쮠의 아름다운 외모에 대해 연모의 감정을 품었지만 그녀가 자신을 따르지 않은 것에 대한 복수로 극도로 추악하게 거짓 초상화를 그려서 황제에게 헌상했기 때문이다.

왕짜오쮠의 이 비통한 심경을 제자 롱콴(龍寬)에게 들은 마오옌쇼는 다시 야심을 품는다. 이 약점을 이용하여 자신의 본심을 만족시키고자 했던 것이다. 그리고 롱콴을 보내 왕짜오쮠을 자신의 뜻에 따르게 시키면서 왜 이런 비극적인 상황에 빠지게 되었는지에 관한 자초지정을 경솔하게 말해버린다. 따라서 제자 및 딸에게까지 극도의 윤리적 반감을 사서 황제에게 밀고되어 결국 마오옌쇼는 사형에 처해지게 된다. 황제는 자신의 실수를 후회하며 왕짜오쮠을 애써 설득하려 했으나 그녀는 다시 황제에게 돌아가지 않았다고 한다.

나는 이 작품을 읽고 깊이 생각했다. 사상으로서는 그다지 새로운 것이 아니지만, 이렇게 예술로서 접하게 되면 깊고 강하게 반성을 하게 된다. 그것이 또한 좋다. 한 작품에 반드시 새로 발견된 사상이 부여되어야 하는 것은 아니다. 생생한 실재로서 독자들을 강하게 반성시키고 향상시키고 보다 나은 생활로 전환해야 하는 힘을 부여해준다면 충분하다.

마오옌쇼라는 인물은 상당히 잘 그려져 있는데 이런 성격을 지닌 인물은 비단 중국의 옛 이야기 속에 있는 것만은 아니다. 우리 주위에서도 몇 명이라도 찾아볼 수 있다. 그리고 사회를 하나의 인격으로 본다며 오늘날 사회의 성격에 가장 집요하게 파고 들어와 있는 것이 마오옌쇼가 가진 거만함, 불성실함, 돈을 위해서라면 선악에 어떤 구분도 없는 무절조함이다. 그러므로 허례는 끝날 줄을 모른다. 뇌물을 아무리 심하게 써도 안된다. 오늘날의 세상은 이론이 전부가 아니다. 대단한 위인이라면 또 모르지만 그렇지 않은 경우에는 실력과 그 인간의 위치, 명예 등은 비례하지 않는 경우가 많다. 인사치레를 잘하는 사람은 역시 남들 위로 올라간다. 말을 잘 못 하는 사람은 언제나 남의 아래에서 일하게 된다. 마오옌쇼가 보수에 따라 그림을 잘 그리기도 하고 못 그리기도 했던 것과 하나도 다르지 않다. 나는 이 점에 대해서는 언젠가 써보고 싶기 때문에 지금 깊이 이야기하지는 않겠지만 화가 나는 것은 사실이다. 그 외에도 이 작품은 사회와 인사치레, 뇌물과 사회, 여성의 해방, 돈의 사회적 위치 등에 대해 깊이 생각하게 하는 부분이 있었다. 작가가 이런 점에 대해 조금도 설교를 하지 않고 연설도 하지 않고서도 말없이 날카로운 비판을 하고 있는 점은 그 예술적 기교에 경탄

할 수밖에 없다.

　나는 가이조 증판 <현대 중국호>에 게재된 중국 작품에 대한 독후감을 지극히 대략적이기는 하지만 부족한대로 적어보았다. 그리고 돌아보니 일본문단과 중국문단은 매우 접근되어 있다는 것을 알 수 있다. 현대 일본문단에서의 주류는 무엇보다 인도주의적 문예, 프롤레타리아 문예, 향락주의 문예인데 이런 사조는 현대 중국문단에서도 주류를 점하고 있으리라는 것을 이들 작품을 통해 상상할 수 있다. 나는 여덟 편을 각각 재미있게 다 읽을 수 있었으며 많은 것을 배울 수 있었던 점에 감사한다. 부족한 글이지만 이 글을 멀리 중국의 작가들에게 띄운다.

정월의 추억

작기는 하지만 집을 갖고 있기는 하므로 나도 최근 오륙 년간 다른 집들처럼 떡을 찧으며 정월을 맞이했다. 가지에 가지 꽃이 피는 것과 같다. 순진하고 쾌활하던 장난꾸러기가 어른스러워져서 남을 대하듯 정중하고 서먹할 때와 같이 쓸쓸하다. 그래도 그때마다 정월 장식품인 가도마쓰를 세웠다. 금줄도 쳤다. 그러면서 축하할 만한 일이라고 생각되지도 않고 올해가 작년보다 행복하기를 기원하지도 않는다. 딱히 돈이 드는 일도 아니고 특별히 남들과 다르게 하지는 않겠다고 생각하는 정도에 지나지 않는다. 따라서 정월이라고 해서 특별히 재미있지도 않고, 유쾌한 기억을 갖고 있지도 않다. 여러 가지 기억이 많이 없는 인생은 정말 적막하다. 나는 그것을 새삼 불행하게 생각한다.

내 고향은 산속에 있는 가난한 마을로, 산도 없고 그저 논만 있는 지극히 단조로운 마을이었다. 내가 대여섯 살 무렵까지는 아직 목화밭 같은 것도 있었는데 우리 집에서도 어머니가 대나무 광주리를 어깨에 걸고 목화를 따러 가던 것을 희미하게 기억하고 있다. 하지만 그것도 언젠가 논이 되어버렸다. 그 무렵 어머니는 추운 밤마다 고타쓰*도 쓰지 않고 실을 잣고 계셨다. 아버지는 밧줄을 꼬거나 설날 떡을 올려놓을 돗자리를 만들고, 낮에는 매일 장작을 패 셨다. 우리 마을에서는 어느 집이든, 전에도 말했듯이 산이 없기 때문에, 이듬해에 사용할 솔잎이나 장작을 겨울동안 다른 마을에서 사다가 저장해 두었다. 솔잎은 대개 이웃 마을에서 가져왔는데, 장 작은 깊은 산속에서 뗏목을 이용하여 싣고 내려오는 잡목을 사서, 땔감으로 작게 패어 문 앞에 가지런히 쌓아두고 설날을 맞이했다. 나는 고타쓰 안에 들어가 온기를 쬐며 이웃집에서 장작을 패는 경 쾌한 소리를 듣곤 했다. 그리고 "이제 몇 개나 더 패면 설날이 올 까" 라든가 "떡을 며칠이나 찧을까" 라며 어머니에게 말을 걸곤 했 다. 바로 옆에 있는 큰집 정원의 석류나무에는 특히 아침이나 저녁 무렵이면 참새가 가득 모여 앉아 시끄럽게 지저귀고 있었다.

떡 찧기는 대개 연말의 28, 29일경이었다. 아버지는 "내일은 빨 리 일어나야 하니까 오늘은 일찍 자자"고 하면서 고타쓰에 들어가 서 누웠다. "너도 아버지가 깨워줄 테니 일어나서 떡 찧기를 도와 야 한다"는 말을 들으면 묘하게도 기뻤다. 이불 속에서 남동생과 기뻐하면서 뭔가 두 세마디 말을 나누고는 킥킥 웃고, 뒹굴다가 결 국 아버지에게 혼이 났다.

떡은 세 시 경부터 일어나 찧기 시작했다. 철가마에 불을 지피고 어머니와 누나가 반죽한 떡을 모로부타라는 용기에 넣어서 안 쪽 방에 있는 아버지가 새로 짠 돗자리 위에 늘어놓는 것이 내가 맡은

---

* 탁자 모양의 난방기구.

일이었다. 먼저 설날에 장식용으로 쓰는 큰 떡인 가가미모치를 만드는데 큰 것은 절구 하나에서 두 개나 세 개밖에 나오지 않는다. 작은 가가미모치도 제사상에 올려야 하고, 그 외에도 이런저런 신을 위한 공물을 올려놓는 선반이 작은 집안 가득 여기저기에 있으므로, 정작 우리 입으로 들어갈 떡을 찧기 까지는 쉽지 않은 절차가 필요했다. 입 안 가득 침이 고인 채 떡을 먹고 싶어 하니 어머니는 그것이 애처로웠는지 신을 모시는 선반을 향해, "이 아이는 개입니다."라고 조심스럽게 말하고는 가가미모치의 끝 부분에 팥앙금을 넣은 작은 떡을 만들어 주었다. "이 아이는 개입니다."라는 말이 무슨 뜻인지 물어본 적은 없으나, '이 아이는 나쁜 놈이니 용서해달라'는 뜻이리라. 어머니가 살아 계셨다면 그런 생각이 들지 않을 지도 모르지만, 돌아가신 지 이십 년이나 된 지금에는, 그런 시시한 것이라도 어머니에게 물어보고 싶어 진다. 요즘은 기억해내 보려고 애를 써도 어머니 얼굴이 떠오르지 않을 때도 있다.

우리 마을에서 제대로 된 장보기를 할 수 있는 곳은, 다카세부네라는 나룻배가 다니는 강을 건너 넓은 강가를 가로질러 한 리를 더가야 했다. 해 질 녘이 점차 다가오면 그 마을로 새해맞이 용품을 사러 온 산촌 사람들이 짐을 머리에 이고 수건을 얼굴에 걸치거나 망태를 메고서 집 뒤편으로 난 길을 지나갔다. 아버지도 큰아버지도 그 마을에 자주 갔다. 지금 생각하면 본가에는 그다지 큰 돈이 없었는데도, 사람들은 큰집이 마을에서 제일가는 부자라고 했다. 큰아버지는 어딘가 모르게 부자인 척을 하는 구석이 있었다. 우리

아버지는 큰아버지와는 정반대로 지극히 평민적인 취미와 성격이었으므로 둘은 정말 많이 달랐다. 나는 가끔 도쿠가와 이에야스라는 남자는 큰아버지를 확대시켜 놓은 것 같은 인간이 아닐까 생각하기도 했다. 그 큰아버지는 농민이면서도, 승려나 예술인들이 주로 신는 흰 버선을 신고 마을로 나가곤 했다. 연말이 되면 거의 매일 외출을 한다. 어떤 볼일이 있었는지는 모르지만, 물론 무엇인가 볼일은 있었겠지만, 큰아버지와 큰어머니를 보면 그렇게 마을에 자주 다니면서도 집안일이 늦어져서 큰일이라고 투덜대며, 마치 부자가 된 듯한 명예나 자부심을 느끼고 있는 것 같았다. 언젠가 아버지와 함께 정월 장을 보러 간 적이 있었다. 그때는 아침 열 시 경에 갔기 때문에 아무리 장을 보는 데에 시간이 걸린다고 하더라도 밤 여섯 시나 일곱 시경에는 돌아올 텐데 좀처럼 돌아오지 않았다. 큰아버지도 아버지도 술을 좋아했기 때문에 어머니는 두 사람이 또 술이라도 마시고 있을 것이라고 생각했다.

  램프에 불을 붙이고 저녁밥을 먹어도 아버지는 돌아오지 않았다. 그때 나는 아버지가 무언가를 사다 준다고 약속한 것도 아니었지만, 방어라든가 청어알이라든가 귤이나 곶감을 잔뜩 사 오는 것을 보는 것이 큰 즐거움이었다. 만일 설날에 신는 버선이나 게타라도 사다 주시는 날은 더할 나위 없이 행복했다. 여덟 시가 되어도 아홉 시가 되어도 돌아오지 않는 아버지 때문에 어머니는 얼마나 걱정을 하셨는지, 아니면 아무렇지도 않았는지, 나는 전혀 알 수가 없다. 우리 어머니는 내가 열다섯 살 때에 돌아가셨기 때문에 부부

사이가 좋았는지 나빴는지도 알 수 없었다. 아버지는 곧잘 큰 소리로 말을 했지만 어머니는 가만히 계셨다.

내가 자다가 문득 눈을 떠보니 누나도 눈을 뜨고 있었다. 정신을 차려보니 큰아버지가 아버지와 이야기를 하고 있었다. 그 두 사람이 나누던 얘기는 지금도 잊지 않고 있는데 대략 이런 내용이었다. 저녁에 두 사람은 과음을 하고 취해서 비틀거리며 그 마을을 출발했는데 그 길 도중에 진기한 광경의 추태를 보인 것이다. 두 사람은 큰아버지의 망태와 아버지의 망태를 막대기에 걸고, 방어와 낙지 등도 여느 때와 마찬가지로 사서 같이 막대기에 걸고서 교대로 지면서 한 리가 되는 밤길을 돌아오게 되었다. 그런데 짐을 멘 채 이리 비틀 저리 비틀 하니, 서로 답답하고 불쌍했다. "형님, 술 좀 마셨다고 그렇게 약해지면 어떻게 합니까. 내가 맬게요."라며 손에 침을 뱉더니 "이까짓 거!"라고 소리를 지르고 어깨에 진 짐을 넘겨받은 것까지는 좋았는데, 아버지도 큰아버지와 마찬가지로 술을 잔뜩 마셨기 때문에 똑바로 걸을 리가 없었다. 마치 뼈 없는 동물처럼 전혀 힘을 쓸 수가 없었다. 그러자 큰아버지가 "자네 그 꼴이 뭔가, 나한테 내놓게", "이까짓 거, 식은 죽 먹기지."라는 식으로 나왔다. 방어와 낙지, 그리고 망태까지 이리저리 흔들면서 육 척 장신의 남자가 묘한 눈빛에 혀는 꼬인 채 비틀대며 걸어가니, 여자들과 아이들은 이들을 무서워하며 보리밭 쪽으로 피해 걸어갔을 것이다.

잠시 후에 여우가 나온다는 건너편 강가에 도착한 두 사람은 드디어 완전히 술기운에 빠져서 쓰러져버렸다. 그리고는 둘 다 그곳에서 반 시간 정도 잠을 잤다고 한다. 큰아버지는 그때 방어와 낙지를 여우에게 뺏겼다고 한다. 그는 놀라서 이 이야기를 하러 온 것이었다. 아버지는 다음날 아침에 자기 망태와 생선을 받으러 올 거라고 하고는, 큰집에 짐을 그대로 내던지고 돌아와 잠이 들었으니 큰아버지가 올 때까지 이런 사정은 알 수도 없었다. "뭐 이제 겨우 동이 트기 시작해서 사람들도 그다지 많이 다니지 않았을 테니 지금부터 찾으러 가봐야지."라면서 큰아버지는 아버지를 재촉했다. 그리고 술 좋아하는 두 형제는 서둘러 나갔다가 한 시간쯤 후에 모래투성이가 된 낙지 한 묶음만을 들고 풀이 죽어 돌아왔다.

내가 몇 살 때의 설날이었는지, 아버지가 시장에 가서 팟타 혹은 팟친이라고 부르던, 둥근 종이에 영웅호걸의 그림을 그린 딱지를 잔뜩 사다 주셨다. 그때의 기쁨은 지금까지 잊혀지지 않는다. 이삼백 장은 되었을 것이다. 그 당시에 딱지는 열 장에 일 전 정도였다. 그것을 스무 장 정도씩 가지고 놀러 갔다. 시골 아이들의 겨울철 놀이는 말할 것도 없이 지극히 단순하고 소박한 것으로, 이 딱지를 가지고 놀거나 팽이를 돌리거나, 죽마를 타거나 연을 날리는 정도였다. 팽이와 딱지를 가장 즐겨했던 것 같다. 여자아이들은 나무판자에 인형이 장식된 채로 깃털 달린 공을 배드민턴처럼 주고받으면서 치는 하타고라는 놀이를 하거나, 대나무막대기를 공기처럼 던지면서 노는 다케가에시를 하거나, 모래나 콩을 넣은 작은 주머니를 사용하는 오자미를 하며 놀았다.

딱지의 승부를 읍내 아이들은 어떻게 정했는지 모르지만, 우리 고향에서는 매우 간단했다. 상대의 딱지 아래로 자기 딱지가 들어가거나, 땅에 튕긴 자기 딱지가 일으킨 바람에 상대의 딱지가 팔랑거리며 뒤집히면 그것을 가질 수 있다. 서로 그렇게 되도록 경쟁하면서, 빼앗기면 또 손에 쥐고 있던 딱지를 내고, 결국 그 딱지를 많이 가진 사람이 이기는 것이다.

우리는 이 놀이에 완전히 빠졌었다. 열한두 살이 되고 나서는 '혼코'만 했다. 혼코란 뺏긴 딱지는 서로 돌려주지 않는 방식이다. 어떨 때는 스무 장, 서른 장도 빼앗기고 울상이 되어 슬픈 마음을 안고 집에 오기도 했다.

정초 사흘간은 친구들과 함께 많을 때에는 대여섯 명이 모여 연하 인사를 돌았다. 연하란, 말은 좋게 들릴지 모르나, 사실 구걸에 가까운 것이었다. 이는 오래전부터 있던 풍습으로 설빔을 입고, "아주머니, 새해 복 많이 받으세요."라고 인사를 하면 곶감과 귤을 준다. 그 곶감과 귤을 잔뜩 받는 것이 재미있어서 인사를 하면 돌아다녔다. 그렇기 때문에 설날에는 아이들이 없는 집에서도 곶감이나 귤을 상당히 많이 준비해 놓아야 했다.

이와는 분위기가 많이 다르지만, 한 가지 더 재미있는 관습이 있었다. 그것은 '고리고리'라는 것으로, 아마도 정월 칠 일 밤이었던 것 같은데, 엽전을 꿰는 돈꿰미나 짚으로 말을 만들어, 그것을 접시에 담아 사람들이 발견하지 못하도록 남의 집 입구에 놓고, 출입문을 덜컥 열어젖히고 그 집 사람이 눈치 채지 못할 장소에 숨어서 이를 지켜본다. 그러면 집안에서 사람이 나와서, 접시 위에 놓인 말 등을 가져가고, 가가미모치나 동전을 올려놓고는 문을 잠근다. 그러면 그것을 가지고 돌아가는데, 재미있는 것은 그 집 사람들에게 들켜서는 안 된다는 점에 있다. 따라서 문을 아주 살짝 열어두기라도 하면 성공할 수 없다. 나도 한두 번 가본 적이 있는데 별로 많이 돌아다니지 않았다. 어느 마을이나 가난한 사람이 있으므로, 정월 떡도 실컷 준비할 수 없는 집에서는 그날 밤을 노리고 있는 것이다. 재산이 있는 집은 기원을 담는 말에도 여러 가지 장식을 한다. 개중에는 특이하게도 한창나이의 아가씨가 있는 집에만 가는 젊은이도 있다. 그러면 방문을 받는 집에서도 장난을 치는 이가 있다. 어떻게 하느냐 하면, 떡에 흰 실을 매달아 둔다. 고리고리를 하는 사람은 그런 장치가 되어있는 줄은 모르고 조심조심 걸어와서 살짝 그 접시를 갖고 도망치려고 하는데, 그 순간 떡만 접시에서 도망가 버리는 것이다. 누가 그 실을 잡고 있는지는 모르지만, 열여섯, 일곱 살의 아가씨가 어머니에게 비밀로 살짝 잡고 있는 거라면 상당히 묘한 상황이다.

호랑이 가죽

조선에는 호랑이가 있다는 이야기를 어렸을 때부터 들었다. 우리 아버지도 호랑이를 좋아했다. 하지만 가난한 우리 아버지는 진짜 호랑이를, 살아있는 호랑이를 아직 본 적은 없었을 것이다. 단지 그림에 그려진 호랑이를 보았을 것이며, 그것도 가노 단유(狩野探幽)나 고마이 겐키(駒井源琦), 간쿠(岸駒) 등과 같이 유명한 화가가 그린 명화에 나오는 호랑이는 아니었을 것이다. 신문의 삽화나 아이들 장난감 같은 우키요에 판화였을 것이다. 그러면서도 내가 "아버지, 호랑이는 사람을 잡아먹어요?"하고 물으면, 정말로 사람을 잡아먹는 장면을 보기라도 한 것처럼, "그럼 잡아먹고말고. 너 같은 녀석들은 덥석 머리부터 통째로… 정말 무섭지."라고 말하면서, 눈을 무섭게 치켜뜨고 입을 크게 벌리던 아버지의 모습이 아직 기억 속에 있다. 어쨌든 우리 아버지는 이 지구 상에 존재하는 모든 동물 중에서 가장 용맹하고 가장 늠름하며 가장 씩씩한 이상적인 존재로 호랑이를 생각했던 것 같다. 학교를 졸업한 후에 우연히 조선에서 일을 하게 되었다. 나는 본격적으로 자신의 일을 하게 된 것을 감사히 생각하면서 비가 오는 날 인력거를 타고 분주하게 서두르며 도쿄를 떠났다. 조선으로 향하는 도중에 고향에 계신 아버지에게 들러 하룻밤을 묵었다. 그리고 그날 밤 아버지에게 금전적인 문제를 부탁했다. 그러자 아버지는 "집에 돈이라고는 한 푼도 없다. 쌀을 팔고 싶어도 쌀 한 가마니도 없고. 요전에 너에게 보낸 삼사 개월 치 돈은 모두 남의 집에서 빌려다가 보낸 것이나 마찬가지지. 그래도 꼭 필요한 돈이라면 다시 빌려다 주마."라고 말하고는 나가 버렸다. 그리고 어디선가 돈을 빌려오셨다. 나는 부모의 피를 짜낸 듯 한 그 돈을 품에 넣고 어머니의 묘소에 문안을 드리고, 고향을 떠나 홀로 서쪽으로 달려갔다. 그 달리는 기차 안에서 나는 생각했다. 조선에서는 호랑이를 잡을 수 있다. 그렇다면 호랑이 가죽도 아마 쌀 것이다. 봉급을 받으며 무엇보다 먼저 아버지가 좋아할 호랑이 가죽을 한 장 사서 아버지에게 보내야지. 아버지께는 너무나 긴 세월 동안 고생을 시켜왔다. 이런 생각을 하면서 차창으로 보이는 새로운 산천의 모습을 바라보았다.

경성에 도착한 다음날 나는 묵고 있는 집의 아이에게 안내를 부탁하여 경성 시내의 혼마치에 있는 모피가게에 가보았다. 아직 봉급을 받지 않았으므로 그것을 살 돈은 한 푼도 없지만, 보기만이라도 하고 싶었기 때문이다. 그것을 사서 아버지에게 보냈을 때의 기쁨을, 또 아버지가 기뻐할 것을 생각하며 즐거운 공상에 빠지고 싶었던 것이다. 가게 앞에 도착하자마자 나는 놀랐다. 거기에는 갖가지의 짐승 가죽이 잔뜩 있었기 때문이다. 유리 창 안으로 사지를 벌리고 있는, 황금빛 속에 굽이치는 검은 반점이 들어있는 호랑이 가죽을 보자, 나의 마음은 요동치기 시작했다. 몸통만도 이미터 가까이나 된다. 이것을 아버지에게 보낸다면 아버지는 어떤 표정을 할까? 얼마나 기뻐하실까? 나는 곧바로 물어보았다. "이건 얼마입니까?" 그러자 점원은 "팔백 원입니다."라고 정중하게 대답했다. "……" 나는 기가 막혀 아무 말도 할 수 없었다. 흰 곰이나 표범이나 해달, 그 외에도 여러 가지 모피가 있었지만 그런 것들의 가격은 물어보지 않았다. 가게를 나오니 이상하게도 어쩐지 등 쪽이 시린 것 같았다. 기차 안에서부터 줄곧 품어 온 호랑이 가죽에 대한 열정도 갑자기 식어버렸다. 팔백 원이라면, 먹지도 마시지도 않고 몇 개월을 일한 돈을 그대로 가져가야 하는 것이라고 생각하니, 한심하게 생각이 되었다.

하지만 그것을 잡는 사람의 고생을 생각하면, 아마 그렇게 받아야 할 만한 시세였다. 나중에 들은 이야기인데, 맹수를 노리는 사냥꾼이 몇 십 명은 있을 테지만, 호랑이 같은 동물은 겨우내 한 마리나 두세 마리 정도 밖에는 잡히지 않는다고 한다. 영하 삼십 도 가까운 추위에 며칠이나 얼음 계곡을 뛰어다니며 한 마리도 잡지 못하는 경우도 있다. 맹수를 잡는 이는 결코 소동물에는 눈길도 주지 않으므로 운 좋게 맹수를 만나지 못한다면 그야말로 며칠 동안 집을 비우고도 결국에는 빈손으로 돌아가야 한다. 게다가 총도 탄환도 다 다르기 때문에 여우나 너구리가 나왔다고 탄환을 바꿔 끼우는 것도 번잡스러울 것이다. 맹수를 노리는 이는 대개 오 연발이나 칠 연발에 백팔구십 원에서 이백사오십 원 짜리 총을 소지하고 있다. 그리고는 목숨을 걸고 사냥에 매진한다. 그런 것을 생각하면

팔백 원은 그다지 비싼 것은 아니다.

나는 최근까지도 호랑이나 표범 등의 사나운 동물은 인간을 보기만 하면 달려든다고 생각했다. 하지만 결코 그렇지 않다고 한다. 호랑이도 표범도 곰도 역시 인간을 무서워하기 때문에 인간을 보면 도망친다. 그러다가 한 번 상처를 입게 되면 맹렬하게 덤벼온다. 또 암각 등에서 갑자기 마주치면 달려든다고도 한다.

내가 아는 A라는 사람이 있는데 그는 사냥을 매우 좋아한다. 그는 삼사 년 전에 북조선 쪽으로 오리를 잡으러 갔다가 호랑이하고 격투를 하게 되었다. 결국 호랑이를 잡기는 잡았으나 그 후로 오른팔이 휘어져 버려서 아직도 불편하다고 한다. 호랑이와 격투를 한 것은, 사랑하는 자식을 잃고 원수를 갚기 위해 호랑이의 혀를 잡고 호랑이를 사살했다는 일본서기 긴메(欽明) 천황 육 년 기록 부분에 보이는 하스비(巴提便), 임진왜란 때의 무장 가토 기요마사(加藤淸正), 그리고 아마 이 사람 정도일 것이다. 그 외에도 있을지 모르지만 나는 들은 적이 없다. 이 글을 읽으시는 분들은 가토 기요마사는 믿어도 A라는 이의 이야기를 믿지 못할 지도 모르지만, 이 이야기는 정말 허위도 과장도 없는 사실이다.

A는 친구와 둘이서 북한으로 오리를 잡으러 갔다. 어쩐지 그날은 평소와 달리 무리 지어 오는 오리가 없었다. 그래서 꿩 사냥으로 목적을 변경하고 산으로 들어갔다. 그러자 뜻밖에도 건너편의 바위산 위에 커다란 호랑이가 누워있었다. 둘은 가슴이 덜컥했다. 두 사람 다 맹수를 사냥하는 이들은 아니었으므로, 탄환도 소동물

에게 쓰는 작은 알의 산탄 밖에는 갖고 있지 않았다. 그러나 눈앞에 큰 짐승을 발견하고는 도저히 뻔히 이것을 보면서 돌아갈 수는 없었다고 한다. 그만두면 좋으련만 둘은 몸을 낮추고 숨을 힘껏 참고서 드디어 방아쇠를 당겼다. 둘의 생각으로는 아무리 산탄이라도 두 자루의 총의 탄환이 잘 적중한다면, 한 방에 픽 쓰러지지는 않더라도 사람을 향해 덤벼들거나 할 정도의 기운이 없어질 정도의 타격은 줄 수 있으리라고 생각했다. 그런데 꿩에게 쏘는 이런 산탄 따위는 호랑이에게 아무것도 아니었다. 따라서 참을 수가 없다. 흰 송곳니를 드러내고 땅이 진동하는 듯이 으르렁대면서 두 사람을 향해 다가왔다. 두 사람은 이제 어쩔 방도가 없었다. 도망쳐봤자 호랑이의 속도에는 당연히 못 미친다. 결국 둘은 집에서 멀리 떨어진 이 산에 와서, 눈 속에서 굳은 다짐을 했다. 그리고 최후의 작업이라고 생각하며 죽을 각오로 달려들었다. 호랑이가 바로 눈앞에 온 순간, A는 평생 맹수 사냥을 해오던 이에게서 들은 이야기를 떠올렸다. 맹수가 달려들 때에는 총으로 그 목구멍을 찌르는 것이 가장 좋다는 것이었다. A는 그때 꼭 그렇게 하리라고 생각했다. 그러나 눈앞에서 호랑이가 포효를 하자, 전신이 마비되는 것 같아 그런 여유 따위는 생기지 않았다. 총은 어느 틈엔가 던져버렸고, 그 대신 오른팔을 호랑이 입 속 깊숙이 찔러 넣었다. 호랑이는 일어서서 두 앞발로 A의 가슴을 쥐어뜯었다. 그때 A의 친구는 재빨리 탄환을 채워, 호랑이 심장 부근에 총구를 겨누고 있는 힘껏 쏘았다. 그래서 호랑이를 잡기는 잡았는데, A는 불교에서 말하는, 악마를 굴

복시키는 부동명왕(不動明王)처럼 온몸이 빨갛게 되어 바로 병원으로 실려갔다. 얼굴이나 가슴의 긁힌 상처는 그다지 깊지 않았는데, 그 후로 오른팔만은 이전대로 쓸 수가 없고, 모양도 기러기 모양처럼 휘어졌다.

호랑이와 그 희극

간쿠(岸狗)는 호랑이 사냥의 명인이다. 명인이므로 짓궂은 산요(山陽)의 기지에 분한 눈물을 삼켰다. 간쿠가 산요의 소망에 의해 호랑이를 그려준 것은 그의 평생 돌이킬 수 없는 실책이었다. 만약 간쿠가 호랑이 그림의 명인이 아니었다면 '훈도시 화가'같은 부끄러운 별명을 갖게 되는 일은 없었을 지도 모른다. 역시 호랑이 그림은 스모 선수의 의식용 복장인 마와시에는 최적의 그림임에 틀림없었다. 호랑이는 용맹한 동물 중에서도 가장 용맹하다. 따라서 그것을 산요로부터 받은 당대의 스모 선수야말로 어부지리였다고 해야 할 것이다.

간쿠 뿐만 아니라 미술유파인 가노파(狩野派)에도 마루야마파(圓山派)에도 호랑이를 그린 화가는 무수히 많다. 오늘날의 화가들도 이를 그리지 않는 이는 거의 없을 것이다. 도바에(鳥羽繪) 같은 마른 호랑이나, 만화 같이 우스꽝스러운 호랑이도 자주 눈에 뜨인다.

중국인들은 격렬하게 싸우는 모습을 가리켜 용호상박이라고 했는데, 용과 호랑이의 대결은 기상천외한 소재이다. 그리고 일본인들은 호랑이와 동시에 용도 좋아했다. 용도 미술의 소재로 자주 이용되었다. 용과 호랑이는 일본회화사에서 눈부신 광채를 발하고 있다.

호랑이는 단순히 회화의 세계에 그치는 것이 아니라 속담에서도 활약하고 있다. 이야기가 조금 탈선하는 감이 있지만, 일본 역사상, 혹은 문학사상에서 가장 위대한 업적을 자아내고 있는 것은 뭐니 뭐니 해도 말이다. 예를 들면 이케즈키(池月), 스루스미(磨墨)와 같은 명마나 야마우치 가즈토요(山內一豊)가 부인의 지참금이었던 황금 열 냥으로 산 말 모두 화려한 활약으로 들 수 있다. 이렇게 화려하게 활약한 말 못지않은 속담을 호랑이 또한 갖고 있다. 지금 생각나는 대로 두세 가지 예를 들어보면, 위협적이고 무서운 존재로서 호랑이를 본 것으로는 '호랑이가 포효하면 바람이 일어난다', '호랑이 꼬리를 밟다', '호랑이에게 쫓겨본 사람은 호랑이 그림만 봐도 겁에 질린다'등이 있다. 호랑이의 기개를 언급한 것으로는 '호랑이는 굶어도 죽은 고기는 먹지 않는다'가 있으며, 자식을 생각하는 깊은 정에 대한 것으로는 '호랑이 자식처럼 대하다', '호랑이는 자식을 생각하면 천리길도 돌아간다'등이 그 예일 것이다.

이렇게 살펴보면 호랑이는 일본에 서식하지 않는 동물이지만, 우리 조상들의 생활과 밀접한 관계를 갖고 있다고 할 수 있을 것이다. 만담가(落語家)나 야담가(講談師)가 거론하는 유곽의 인력거꾼이나, 마부들의 이름은 대개 호공(虎公), 웅공(熊公)이다. 12세기의 무사 소가 주로스케나리(曾我十郞祐成)에게 일생동안 지조를 지킨 오이소(大磯)의 명 유녀의 이름은 도라 고젠(虎御前)이다. 이 시대에도 도라(호랑이)라는 이름은 남녀의 구분 없이 많이 사용되었다. 또 가토 기요마사(加藤淸正)의 창 끝에 찔려 포획된 호랑이도 살아남지 못했다.

가토 기요마사는 호랑이에게 있어서 최적의 호적수였다. 가토 기요마사 정도로 호랑이를 일본에 소개한 이도 고금을 통틀어 없을 것이다.

그러나 호랑이와 대적한 정도의 호걸이 기요마사 이외에 일본에 없을 리가 없다. 에도 시대 후기의 수필 「갑자야화(甲子夜話)」에는 임진왜란 때에 무장 고니시(小西) 일행이 동래의 벌판에서 호랑이 사냥을 한 통쾌한 기사가 실려 있다. '먼저 나쁜 호랑이 한 마리, 사고 나이젠이 달려간다. 나이젠, 소나무 가지 위에서 조총을 들고 표적의 한가운데를 쏘았다. 의도한 대로 적중하니 나쁜 호랑이는 매우 분노하여, 천둥 같은 소리를 내며 날뛰고, 나이젠이 올라간 소나무의 밑동 부근을 급히 파기 시작했다. 소나무 때문에 떨어지려고 하던 참에 다음의 잠복처에서 아히루 겐자에몬(阿比留源左衛門)이 이를 겨냥하고 정확하게 적중했다. 화가 난 호랑이는 겐자에몬 쪽으로 달려와서 소나무의 밑동을 다시 파려고 했다. 다음 잠복처에서 사사키 우쿄(佐々木右京)가 이를 쏘았다. 화가 난 호랑이는 우쿄가 올라간 나무의 밑동을 또다시 전처럼 파고들었다. 그다음으로 산쇼 젠사쿠우쿄(三小善作右京)가 올라간 소나무 밑동의 나쁜 호랑이를 쏘았다. 호랑이는 젠사쿠가 올라간 소나무 밑동으로 간 호랑이는 마치 처음인 것처럼 똑같이 행동했고, 다시 오우라 다테와키(大浦帶刀)가 이를 쏘자, 호랑이도 또다시 같은 행동을 했다 다음으로 다다 겐모쓰유키(多田監物之), 이토세 야지로(糸瀬弥次郎), 우치야마 겐바(內山玄蕃) 등이 순서대로 나섰고 호랑이도 마찬가지로 매번 처음처럼 그들이 올라간 나무 밑동를 향해 덤벼들었다. 호랑이는 점차로 더욱 미친 듯이 흥분해갔다. 겐바를 노려보는 호랑이의 기세는 무시무시하다고 밖에는 형용할 말이 없었다. 호랑이는 점차 수백수천 번의 천둥이 치는 듯한 소리를 내며 겐바가 올라간 나무 밑동부근을 파헤치고 소나무를 흔들고 있었는데, 이때 이다 스케시로(伊田助四郎)가 이를 공격하였고, 이것이 적중하기만 해준다면 더할나위 없는 중요한 순간이었다. 호랑이가 쓰려져서 몸을 다시 뒤집고는 일어서서 스케시로를 노려보았다'라는 부분이 이 「갑자야화(甲子夜話)」에는 적혀있다. 그리고 마지막에는 '호랑이의 크기는 소 두 마리를 합친 정도이고, 고금을 통틀어 그 예를 볼 수 없는 대호이기 때문에 힘이 강한 것은 당연하다'는 저자의 평이 있다.

나는 이것을 읽고 연극이라도 보고 있는 듯한 기분이 들었다. 작가는 그러한 심경으로 집필을 했을 것이며, 이 극은 분명 희극이다. 한 마리의 맹호를 십 수 명의 무장들이 포위하고 소나무 위에서 이쪽저쪽으로 조총을 쏜다. 호랑이도 자신을 쏘는 자들이 올라가 소나무 밑동으로 총을 맞을 때마다 달려든다. 왼쪽에서 쏘면 왼쪽으로 오른쪽에서 쏘면 오른쪽으로 앞이면 앞, 뒤면 뒤로. 게다가 급소를 맞아 한 바퀴 구르고도 분한 나머지 눈을 부릅뜨며 스케시로를 노려보고 폼을 잡는 것을 보면 호랑이의 힘이란 역시 대단하다. 그리고 이렇게 보면 호랑이도 상당히 인간화되어있다.

어쨌든 한바탕 소동을 벌이고 소 두 마리 정도의 대호를 잡았는데, 또 제2의 맹호가 달려 나왔다. 그리고 이 부분도 앞의 호랑이와 마찬가지로 희극미가 풍부한 필치로 기술되어 있다.

'요시토모(義智)가 오르는 나무의 아래에 있는 거대한 호랑이 뒤로 조용히 다가가는 자가 있었으니, 총을 추켜올리며 뼈도 부수고 가죽도 찢겠다는 기세로 이 거대한 호랑이를 노려서 적중시키니 호랑이는 화가 나서 아라이 가와스케(荒井河助)를 삼켜 버리려는 듯이 달려드는 것을 맨손으로 달려들어 던져버렸다. 하지만 다시 빙글 돌아 대여섯 번 구르고는 바로 다시 일어난다. 호랑이는 아직 기운이 남아서 더욱 흥분하면서 달려든다. 아라이는 총을 들고 두 발, 세 발을 연속해서 발사했다. 호랑이는 아무리 총을 맞아도 위축되지 않았고 아라이가 다가오면 찢어 버리겠다는 듯이 발톱을 세우고 달려들었다. 그 순간 아라이는 다른 방향으로 휙 뛰어올라 칼을 뽑아서 정면을 베었다. 호랑이는 칼을 맞고서도 달려들었는데 아라이는 몸을 비틀면서 옆구리에 칼을 꽂고 아랫배를 갈랐다. 내장이 나오자 호랑이는 다소 약해졌는데 내장을 끌면서도 다시 요시토모를 향해 뒤돌아 덤비려는 것을 요시토모가 막아냈다. 칼로 양 눈을 찌르자 호랑이는 마지막 숨을 거두었다.'라는 부분이 있다.

소만큼 큰 호랑이와 맨손으로 대결하면서 네댓 번을 던지고 굴리는 아라이의 완력도 엄청나지만, 두 발, 세 발씩 총을 맞아도, 내장이 쏟아져 나와도, 요시토모를 향해 돌아보며 덤벼드는 맹호는, 무서움을 넘어서 웃을 수밖에 없다. 이는 정말로 재미있는 호랑이 사냥기이다.

고니시(小西) 일행의 무장들도 산짐승의 왕이라고 까지 불리는 호랑이와 싸워 그 용감함과 괴력을 후세에 남겼는데 나는 그보다 더 용감한 이가 있음을 알고 있다. 일본서기에 기록된 긴메이(欽明) 천황 때의 이야기이다. '겨울에 들어선 11월. 가시와데노 오미하스히(膳臣巴提便)는 백제에서 돌아와서 말했다. 내가 사신으로 파견되었을 때의 일이다. 처자식도 함께 백제로 건너갔다. 백제의 바닷가에 도착하니 날이 저물어 숙소에서 밤을 보냈다. 그런데 아이가 갑자기 없어져 행방을 알 수 없었다. 그날 밤에는 눈이 많이 내렸다. 하늘이 붉게 물들며 동이 트고 나서 아이를 찾기 시작하니 호랑이 발자국이 있었다. 나는 칼을 허리에 차고 갑옷을 입고 바위굴에 도착했다. 칼을 뽑으며 말했다. "조용히 천자의 분부를 받들어 바다와 육지에서 고생을 하고 바람으로 머리를 빗고 비로 목욕을 하며 풀을 베개 삼고 가시나무를 울타리로 삼고 있는 것은 그 아이를 사랑하여 아비의 일을 가르치기 위함이었다. 너는 영험한 신이라고 생각한다. 내 아이를 한 입에 먹어버렸구나. 오늘 밤 내 아이가 사라졌다. 발자국을 따라 찾아오다 여기에 이르렀다. 목숨을 잃는 것도 두렵지 않아 복수를 하러 왔다." 이미 그 호랑이는 앞으로 나와 입을 벌려 그를 삼키려 했다. 하스히는 바로 왼손을 뻗어 호랑이의 혀를 잡고 오른손으로 호랑이를 찔러 죽이고는 가죽을 벗겨 돌아왔다.'(일본서기 37)

맹호가 달려드는 찰나에 왼손으로 호랑이 혀를 잡고 오른손으로 죽여 가죽을 벗겨 돌아왔다는 것은 잃어버린 자식을 생각하는 부모의 마음을 안타깝게 여긴 신불의 도움이 있었던 것인지 실로 말문이 막히는 상황이다. 강력한 힘이라는 단계를 넘어서서 신의 경지인 것이다.

그런데 재미있게도 이와 겨룰 만한 기담이 내지에도 있다. 그것은 『신저문집(新著聞集)』의 용렬(勇烈)편에 실린 다음 글이다. '오사카 성에서 노 공연이 열리는 날이었다. 우리에 들어있던 호랑이가 밖으로 풀려 나와 뛰어다니니 모두들 혼비백산하여 사방으로 도망쳤다. 히데요시(秀吉) 공도 자리를 떴다. 다이묘들도 모두 당황하여 제정신이 아니었다. 그러자 상석이 있던 히데요시 공, 다음으로는 다테 마사무네(伊達政宗), 가토 기요마사가 있었는데 호랑이가 맹렬한 기세로 히데요시 공을 향해 뛰어올라가려고 하는 것을 히데요시가 노려보자 호랑이도 히데요시의 얼굴을 응시하더니 이쪽을 지나쳐 마사무네, 기요마사 쪽으로 향했다. 호랑이가 다가오자 두 사람은 무릎을 세우고 일어나 칼을 뽑아 들었고 호랑이는 박력 있게 성큼성큼 마당으로 내려갔다. 실로 용맹한 위력에 맹수조차 두려워했다.'

중국인이나 조선인도 이 산짐승의 왕, 호랑이에 대해 '밤에 보니 한 눈은 빛을 뿜고 한 눈으로는 사물을 본다. 울부짖는 소리는 바람을 일으키는 천둥과 같고 모든 짐승들이 떨며 두려워한다'라고까지 쓰며 두려워했다. 그런데 이런 호랑이도 마사무네, 기요마사, 하스히에게는 부서지기 쉬운 과자나 순한 양처럼 순종적이다.

호랑이에 관한 기담, 희극이라고 할 만한 것은 이외에도 얼마든지 있다. 하지만 비슷한 종류의 이야기는 재미가 없으므로, 조금 특이한 방면을 엿보도록 하자. 대개 풍류인이라든가 문인이라든가 묵객에게 술은 필수적인 것이다. 하이쿠의 거장인 바쇼의 제자였던 기카쿠(宝井其角)처럼 열다섯부터 술을 마셔대지는 않는다고 해도, 꽃구경을 가서 '우물가 벚꽃 술에 취할 것 같은 위험한 향기'라고 읊을 정도는 되어야 속이 시원하다. 그런데 이 술에 취한다는 것은 단지 인간에게만 주어진 하늘의 축복은 아니다. 호랑이에게도 술이 있고 원숭이에게도 술이 있다. 『분류고사요어(分類古事要語)』에는 '무릇 호랑이가 개를 먹으면 반드시 취한다. 개는 호랑이의 술이다.'라고 명확히 나와 있다. 왜 이런 이야기를 시작했는지 지금 명확하게 말할 수 는 없지만, 개가 호랑이의 술이라는 것 정도는 잠시 허용한다고 해도, 용서하기 힘든 또 한 가지의 진기한 이야기가 여기에 등장한다. 그것은 『정사초(情史抄)』라는 책에 전해지는 이야기인데, 옛날 어느 남자가 몇몇 나쁜 친구들 때문에 깊은 산 속으로 끌려가 버려지게 되었다. 며칠 동안 먹지도 못한 남자는 허기 때문에 움직일 수조차 없이 쇠약해져 있었다. 그런데 우연히 한 마리 암호랑이가 나타나 불쌍하다는 듯이 그 남자의 곁으로 다가오는 것이었다. 남자는 처음에는 호랑이에게 무척 겁을 먹었으나 아무래도 자신에게 동정심을 품는 것 같은 모양이어서 손가락을 입에 대며 먹을 것을 달라는 몸짓을 해 보이자 호랑이는 달려가서 토끼며 멧돼지를 잡아와서 먹여주었다. 그뿐 아니라 호랑이는 자신의 젖까지도 남자에게 먹여 주었다. 남자는 호랑이의 젖을 먹고 소생하여 며칠 지나지 않아 이전처럼 건강해졌다. 그리고 점점 더 호랑이와 친해져서 몇 달 후에는 드디어 둘 사이에서 한 아이를 낳게 되었다는 이야기가 남아있다.

이렇게 되면 인간을 머리부터 잡아먹는 호랑이에게도 어딘가 모르게 정감이 느껴진다. '호랑이는 자식 생각에 천리를 돌아간다'라는 말이 있을 정도이니, 그 남자와의 사이에서 태어난 아이를 무척 소중하게 생각했을 것이다.

속담에 '매는 배가 고파도 벼를 쪼아 먹지는 않는다'라는 말이 있으며, '무사는 배가 고파도 이쑤시개를 쑤신다'는 말이 있듯이, 호랑이에 대해서도 이와 비슷한 속설이 있다. 취한 사람은 절대 먹지 않는다, 또한 어린아이도 먹지 않는다는 이야기가 전해져 내려오는 것이다. 「서기집해(書記集解)」에 '호랑이는 어린아이를 먹지 않는다. 어린이는 호랑이에게 잡힐 수 있다는 사실 조차 모른다. 따라서 호랑이는 아이를 먹지 못하며 취한 사람도 먹지 못한다.' '정신을 차리고 앉아 기다리는 것은, 정신을 차리는 것을 기다리는 것이 아니라 잡히기를 기다리는 것이다.'라는 글이 있다. 『분류고사요어(分類古事要語)』에도 '무릇 호랑이는 취한 사람을 해치지 않는다. 한 남자가 시장에 갔다가 취해 돌아가는 길에 바위 절벽 근처에서 취해 쓰러졌다. 호랑이가 여기에 다가왔으나 냄새를 맡아보려 하니 호랑이 수염이 취한 남자의 콧속으로 들어갔다. 남자는 크게 재채기를 했는데 그 소리가 골짜기에 크게 울려 퍼졌다. 호랑이는 깜짝 놀라 발을 헛디뎌 절벽에서 떨어져 버렸다'는 이야기가 있다.

나는 이 이야기를 읽고 호랑이가 조금 불쌍해졌다.

일본이나 중국의 문헌에 나타나는 호랑이는, 『분류고사요어』에 나와 있듯이, 용맹한 호랑이, 인간의 재채기에 혼비백산하여 절벽으로 떨어지는 한심하고 소심한 호랑이, 인간과 결혼까지 하는 하이칼라적이면서도 정이 깊은 호랑이, 대개 이 세 종류이다. 그리고 이 세 가지 호랑이의 공통점은 인간적이라는 것이다. 그리고 이런 종류의 문학에 나타나는 호랑이들은 애매함과 담백함 등을 특징으로 한다고 할 수 있다.

1925년 12월 8일

가을

드디어 겨울이 온다. 나뭇잎이 모두 떨어지고 마물의 잔해가 드러나는 듯이 민둥산과 텅 빈 들녘이 찾아온다. 그 앙상한 골격 위에 맑고 둥근 달이 떠서 맑고 품위 있는 아름다움을 자랑한다. 둥그런 달은 둥그렇기 때문에 상처가 나고, 이때 감수성 풍부한 사람들의 마음은 아프다. 달이 가늘어지면서 괴물의 송곳니 같은 현월이 될 때, 나는 문득 눈을 크게 뜬다. 마음을 차갑게 한다. 푸른 보랏빛의 산, 불타고 난 듯한 추락과 적막함이 가득한 숲, 들판, 하얀 강물, 그 위로 푸른 별이 반짝인다. 차가운 밤기운은 발부터 스며들고 달은 더욱 날카로워져서 보면 볼수록 하늘은 멀고 높아 닿을 수 없을 것 같다. "아아, 추운 밤이다." 이렇게 말해버리면 그 뿐이다. 손을 품에 넣고 바람을 등에 맞으며 달리면 더 괴롭다. 자기가 자기 발에 걸려 넘어지게 된다. 자신이 스스로 얼마나 소중한 가도 사람에 대한 사랑도 자연에 대한 집착도 사실은 알 수 없다. 밤은 모두가 자기 한 몸에 집중하게 되는 시간이다. 모든 것에 주의하는 시간이다. 가만히 사물을 응시하는 시간이다. 주의란 결국 이해다. 그리고 이해란 사랑이다.

조용히 엎드려있는 산들은 무한의 울림과 위력과 정을 감추고 있다. 나는 낙지다리처럼 혹은 백사처럼 늘어져 있는 아래쪽 바위 사이의 물소리를 생각한다. 백골 같이 차가운 바위 밑동에 떨어지는 낙엽의 속삭임을 듣고, 대나무 잎 사이로 지나가는 밤바람의 조용한 소리를 듣고, 깊은 산 속 계곡에서 잠든 부드러운 작은 새의 작은 가슴에 깃드는 꿈을 생각한다. 자유와 평화로 가득 찬 작은 새의 생활을 생각한다. 작은 새는 다음날 아침, 지난밤에 꾼 아름다운 꿈 이야기를 엄마에게 말할 것이다. 그 귀여운 눈동자를 반짝거리며, 예쁜 빨간 발을 작은 나뭇가지 위에 다소곳이 올리고-엄마는 금방 일어난 흔적이 남아있는 털을 다듬어주면서 "너는 오늘 좋은 소식이 있을 거란다!"라고 말하겠지. 그 자애로 가득한 언어를 상상해본다.

가을 산을 바라볼 때 나는 언제나 영원에 대해 생각한다. 무한의 과거와 무한의 미래가 함께 일종의 영감이 되어 가슴을 울린다. 높으면 높은 만큼 그런 감정은 깊어진다. 낮으면 평범해진다. 속된 감정이 된다. 그 대신에 그리운 정감이 있는 것은 높은 산보다는 낮은 산이다. 검은 바위가 떨어질 듯 떨어지지 않는, 힘이 넘치는 신선이 등한시하여 장난이라도 친 것처럼 겹쳐진, 청명한 하늘 한 가운데에 찌를 듯 한 봉우리를 바라보았을 때, 내 가슴은 갑자기 맥박이 빨라진다. 저 푸른 하늘을 뚫고 그 밖으로 나가고 싶어진다. 있는 힘껏 높이 소리 질러보고 싶어진다. 그러면 그 목소리는 어떤 파동으로 어떤 산과 마을에 어떻게 울려 퍼질까! 만일 깊은 계곡 사이에 낡은 절이 있고 그곳에 종이 있다면 분명 강한 울림으로 태만하게 있던 계곡과 개울물을 모두 깨울 것임에 틀림없다. 그리고 분명 신앙심을 이 종에 모은 먼 선조의 영혼이 한 순간에 소생할 것이다. 그렇게 생각하자 왠지 모르게 통쾌하다. 그리고 내 마음은 급해진다.

가을 산은 시다. 묘지다. 그리고 부처다. 아아, 가을 산은 사람의 마음을 그윽하면서도 비밀스런 세계로 이끈다. 온통 짙푸른 하늘에 무수한 별이 반짝일 때, 그중 한 개의 별이 긴 꼬리를 달고 산 너머 저편으로 떨어졌을 때, 수많은 이름 없는 사람들의 죽음을 떠올리지 않는 이가 있을까? 먼 조상들의 생활과 먼 후대의 자손의 생활을 생각하지 않을 수 있을까? 가을도 점차 깊어지고 산중턱 이쪽저쪽이 단풍으로 물들 무렵이 되면, 흰 연기가 가늘게 피어오른다. 그것은 잎새와 허수아비가 잠시 추위를 견디기 위해서다. 나는 뒤편 작은 개울가에 서서 몇 시간 동안이나 그 광경을 바라보다가 결국 눈물을 흘린 적이 몇 번이나 있었다. 조금 높은 봉우리에 큰 소나무가 대여섯 그루 있는데 그 사이에 있는 작은 사당의 흰 벽이 석양에 빛나면, 어딘가 그리운 것 같으면서도 쓸쓸한 기분이 들어 새로운 눈물이 다시 흘러나왔다. 가을은 사람의 마음을 끈다. 가을은 모든 것을 빼앗아 가 버린다. 사람의 영혼까지 빼앗아가려고 한다. 그래서 나는 가을이 슬프다. 그러나 아무리 슬퍼도 역시 가을을 좋아하는 것은 왜일까? 봄은 누구나 즐겁다고 하지만, 봄의 어디를 찾아보아도 이런 그윽하고 한적한 맛이 숨어있지 않다. 또 초여름에 보이는 청정함과 울창함을 발견할 수도 없다. 여름은 정말 그 끝없는 건강함이 외부를 향해 유감없이 나타나는 계절이다. 지구 상의 모든 사물을 살리고, 추함을 청정하게 한다. 들판이 그렇고 산도 그렇다. 한 여름의 절정에 나무 그늘에서 나무 그늘을 따라 신록이 짙은 산길을 찾아 들어간 이는 누구든지 느낄 것이라고 생각한다. 그리고 그 상쾌한 계곡물에 먼저 사람의 마음을 빼앗긴다는 것을. 그 계곡물은 신선한 짙은 녹색 물방울이다. 계곡 근처의 암각에 앉아 잠시 여행의 고단함을 위로하고, 마침내 얼굴을 씻었을 때 푸른빛을 띠지 않을까 의심할 정도다. 이에 반해 가을의 계곡물은 어떤가. 흩어진 낙엽이 물웅덩이에 침잠되어 있고 애처로운 소리를 내면서 시원한 바위 틈 사이에서 흩어지는 것이 아닌가! 가을 물이야말로 바위의 '마음'에서 흘러나온다. 만추의 뾰족한 봉우리에 달이 걸리면 물은 반짝반짝 빛난다. 그리고 봄의 물은 기름과 같다고 말하고 싶다. 물뿐만 아니라 모든 것이 비옥하다. 산기슭 여기저기에 마침 어린아이가 흙으로 만든 물감이라도 바른 것처럼 산 벚꽃이 이곳저곳에 피어나면 사람들의 마음은 이상하게 동요한다. 지금까지 앙상하던 잡목림이 노랗게 물들면서 파릇파릇해지며 복숭아꽃이 흐드러지게 피는 무렵에는 나는 항상 심한 쓸쓸함과 태만함, 그리고 말할 수 없는 고통을 느낀다. 만나는 사람마다 얼굴이 탁해 보이거나 볼이 축 쳐져 있다. 그리고 눈동자는 젖어있다. 가을에서 겨울에 걸친 무렵처럼 해맑고 긴장된 표정은 없다. 산에는 안개가 끼고 들에는 아지랑이가 피고 물망초나 민들레가 한창 피어나 남풍에게 무한의 교태를 부린다. 나비가 꽃에서

꽃으로 옮겨 다니며 부모도 잊은 채 본 적 없는 열매에서 꿈을 찾는다. 이렇게 봄은 모두를 유혹한다.

그러나 나는 이 계절을 사랑한다. 두 마리 작은 새를 갖고 있다. 한 마리는 푸른 창공에 한 조각 떠있는 흰 구름을 목표로 먼 바다를 건너오는 제비다. 남은 하나는 보리밭에서 하늘 밖을 향해 일직선으로 날아오르며 지저귀는 종달새다. 두 새 모두 몸 전체에 작은 입이 무수히 붙어있는 게 아닌가 하는 생각이 들 정도로 잘 지저귄다. 제비는 옆으로 올라가지만 종달새는 직선으로 날아오른다. 제비는 이국을 떠돌아다니는 여행가답게 세련되었으나, 종달새는 아무리 봐도 촌스럽고 외모에 신경 쓰지 않는 듯하다. 종달새가 창공 속에 모습을 감추고 지저귀는 것은 그 때문이리라. 제비의 목에는 정교한 판이 두 장 있는데 그것이 마주쳐서 소리가 나는 것 같다. 종달새는 이에 비해 판 대신에 두 개의 구슬이 마찰되고 있는 건지도 모른다. 그리고 제비 소리는 종달새 소리에 비해 다소 불안하다. 너무 떠들다가는 그 얇고 작은 판 두 장이 파손되어 푸른 잎 위에 진홍 빛 피를 흘리지 않을까 걱정이 된다.

귀뚜라미는 나의 음악가다. 귀뚜라미는 어디까지나 깊은 근심을 품은 시인이다. 종달새는 매우 쾌활한데 반해 귀뚜라미는 비애감을 느끼게 한다. 밤이 깊은 시간에 자리 밑에서 혹은 부엌의 구석에서 울기 시작하면 나는 눈물이 날 것 같다. 그럴 때 뒤에서 불단의 등이 소리 없이 꺼지기라도 하면 등이 서늘해진다. 정말로 가을밤의 쓸쓸함을 느껴보고 싶다면 시골이 아니고서는 어렵다. 귀뚜라미가 이제 울음을 멈췄나 하면, 처마에 매달린 말린 야채에 부스럭부스럭 바람이 스치며 지나간다. 혹은 멀리서 거위 소리가 들리기도 하고 어딘가에서 덧창문을 닫는 소리 등이 달빛 아래서 더 선명해지고, 쓸쓸하게 가슴에 스며들기도 한다.

　봄에는 어디를 찾아봐도 이런 정서는 없다. 사람의 마음을 찌르는 듯한 강렬한 울림은 없다. 그리고 또 가을만큼 자신의 영혼을 스스로에게 보여주는 계절도 없을 것이다. 투철한 계절, 숭고한 계절, 침통한 음악의 소유자, 붉은 석양이 낙엽이 진 숲에 노란 끈을 드리울 때 나는 비통한 음악을 들을 수 있다. 만일 인생이 덧없는 것이라면, 또한 인생이 비통한 것이라면 또 더욱이 인생이 유현한 것이라면 그것은 이러한 악기 소리만 한 것이 없으리라.

1921년 1월 17일

조선 산악의 시적 감상

조선에 와서 나의 마음에 먼저 강한 인상을 준 것은 갈색의 민둥산이었다. 몇 천 년을 비바람에 씻겨나가 머리뼈가 까맣게 드러난 꼿꼿이용 침봉 같은 봉우리들이다. 위로는 맑은 감청색 하늘이 드러누워 있고 광활한 황야가 펼쳐진 끝에는 해파리 혹은 버섯 같은 가옥들이 점재한다. 평야를 가로질러 산을 둘러싼 무감각한 흰 길에는 흰 옷을 입은 신선 같은 조선인이 천천히 걸어가고 있다. 꿈 같은 세계다. 황량함 속에 점잖고 여유로운 몽환적 정취가 맴돌고 있다.

특히 이런 무대를 배경으로, 조선인의 흰 옷과 인간미가 결락된 듯이 보이는 걸음걸이─유유자적하게 속세를 떠난 사람, 천상에서 온 손님 같은 느낌을 들게 하는 것은 진정 조물주의 걸작일 것이다. 이 풍취는 신화적 흥미, 청초한 취미, 활담한 탈속적 흥미를 갖게 함과 동시에 절실한 애수를 연상시킨다. 그러나 또 유배자인가 하는 생각이 들어 남몰래 동정의 눈물을 흘리는 일도 있다. 그러나 조선인은 이런 황량한 산야에 대해 혹은 작은 새의 재잘거림에 항상 고향을 생각하는 마음에 비통함이 있을 거라고 생각하여 '여행지에서 받는 가족의 편지는 만금보다 귀하다. 흰 머리를 긁으니 고

생하여 늙은 머리는 한층 더 짧아졌다. 이렇게 머리가 없어지니 거의 투구를 고정시키는 빗도 꽂을 수 없다.'는 두보(杜甫)의 시구를 떠올리니 마음이 아프다.

게다가 생활이나 위생 등에 대해서는 조금도 생각하지 않는 것 같은 찌그러진 가옥, 비나 이슬을 피할 뿐인 정도의 더럽고 냄새 나는 집에 출입하는 하층민 여성을 보며 나는 다시 생각했다.

어제는 성곽까지 나갔다 / 돌아오는 길에 눈물을 흘렸다 / 비
단 옷을 입은 사람 / 누에 기르는 농민이 아니었네

어쨌든 조선에서는—무엇보다도 나는 아직 천하의 선망을 한 몸에 모으고 있는 기암괴석의 금강산은 보지 못했지만—어디에 가더라도 젊은 처녀를 보는 듯한 '촉촉함'은 없다. 조심스러움도 없고 웃음도 없다. 또 청년이 가진 활기도 건강도 밝음도 경쾌함도 동경도 없다. 소생하기 어려울 정도로 말라있다. 위로하기 어려울 정도로 노쇠해있다.

나는 여행을 좋아한다. 바닷가도 좋다. 제방 끝에 흰 돛이 보이는 강가도 괜찮다. 그리고 굳이 바쇼의 시를 빌려오지 않더라도, 인적 없는 깊은 산에 떨어지는 밤톨 소리에도 적지 않게 동경을 품고 있다. 그러면서도 지금껏 여행다운 여행을 하지 못했다. 지금 생각해보면 이 점은 아쉽다. 하지만 단 한 번, 여행다운 여행을 경험한 적이 있었다. 그것은 내가 열아홉 살 때 일인데 9월에 도보로

일본의 주고쿠(中國) 산맥을 횡단하여 이즈모 다이샤(出雲大社)에 참배하러 갔다. 단지 그 뿐이다. 따라서 일본 알프스라든가 묘기(妙義)라든가 하코네(箱根) 등 그 외 많은 명산유곡의 웅자신위(雄姿神威)에 대해서는 아는 바가 없다. 하지만 내지의 산에 대해서 대략적인 개념 정도는 갖고 있다. 조선의 메마르고 차가운 황량한 산에 비해 내지의 산은 애매한 느낌이 있다. 가파르게 하늘 속으로 솟아있는 철갑 같은 형상의 준수하고 빼어난 조선의 산을 올려다보았을 때, 혹은 굴곡이 많은 까칠한 살결이 아프도록 새빨갛게 벗겨진 나체의 산을 멀리서 올려다볼 때, 마음이 조용해지고 호흡이 멈추는 것을 느낀다. 그리고 언제나 나는 명상의 세계로 이끌려 들어간다. 나무는 그다지 없지만 그윽하고 아득한 느낌이 있다. 내지에는 그런 느낌이나 기분을 일으키는 산은 드물다. 수묵으로 사생할 수 있는 내지의 산에 '종교'는 결여되어 있다. '시'로서 '공상'으로서 보다 많은 것을 느낀다. 나는 조선의 산을 보면 '시간의 힘을 보라, 시간의 종소리를 들어라'라는 말을 그대로 망설임 없이 구체화시킨 것 같아서 때로는 고통스럽게 느껴지기도 한다, 조선의 산은 내지의 산 같은 '정'은 없다. '의(意)'이며, '잡담'이 아닌 '침묵'이다. 혹은 '광명'이 아니라 '자포자기'이다. 따라서 조선에서 문학은 발달하지 못했다. 사이교(西行)도 바쇼도 나오지 않았다. 부송(蕪村)이나 시키(子規) 같은 시인 또한 물론 나오지 못했다. 자포자기 혹은 버림받은 느낌의 조선에서 미술은 발달하지 않는다. 고린(光琳), 오쿄(応擧), 고슌(吳春), 게분(景文) 같은 화가도 배출되지 않았다. 그런 상황을 단지 악정(惡政)이나 이웃 나라의 위협의 결과로만 보는 것은 잘못이 아닐까. 야나기 무네요시 씨는 작년에 조선으로 건너가 조선미술을 매우 칭찬했다고 하는데, 단지 작품의 가치뿐 아니라 그 속성으로 보아야 할 역사적 가치나 그 판단에 골동 취미가 도움이 되었으리라고 생각된다.

조선에 벚꽃이 있을 줄은 꽃이 필 때까지 미처 생각치도 못했다. 그런데 봄이 되니 시선이 닿는 곳마다 벚꽃이 흐드러지게 피어서 놀랐다. 경성중학교에도 교사를 중심으로 뒷산까지 몇 백 그루의 어린 벚꽃나무가 있다. 꽃이 화사하게 핀 계절, 수업이 없는 시간에는 살짝 교관실을 빠져나와 거의 매일 그 향기로운 구름 속으로 들어갔다. 그리고는 생각에 잠겼다. 생각하는 것이 지겨워질 무렵이면 벚꽃 그늘에서 나와, 소나무 가로수 길을 지나 산 정상 쪽으로 나왔다. 정상에는 성벽이 무너져 내린 채 이어져 있었다. 그 성벽 안쪽에 서서 건너편을 내려다보고 다시 위쪽을 바라보았다. 눈 아래로는 큰 계곡이 있었는데 계곡 아래에는 작은 집 두세 채가 있었다. 물론 조선인의 초가집이다. 나무는 한 그루도 없다. 풀도 나 있지 않다. 흰 모래로 만들어진 듯한 산이다. 그것이 점점 부풀어 올라서 무늬를 만들고 천묘만기(天妙萬奇)의 주름을 만들어 건너편 북한산에 굽이굽이 험하고 수상하게 오백은 커녕 천만 개의 나한상의 머리가 경합하듯 밀어 올리고 있다. 북한산은 반은 암석이고 반은 모래인 산이다. 그중에는 중국의 화가 황쿵왕(黃公望)이 즐겨 그릴 듯이 보이는 기이한 봉우리가 있다. 환콴(范寬), 리쳉(李成)의 필법을 연상시키는 봉우리, 혹은 주란(王然)의 필치를 연상시키는 봉우리 등 다양하다.

<그림> 조선의 산악

나는 가끔씩 북한산에 오른다. 다다미를 몇 장이나 깔 수 있을 만큼 넓은 바위 위에 올라가 서 높고 낮은 수없이 많은 하얀 머리의 봉우리들을 둘러보고 있으면 내 몸이 이대로 화석이 될 것 같다는 생각까지 든다. 하얀 봉우리에 한 그루의 나무도 없으니 속세의 기운이 전혀 없다. 인간이 살고 있지 않은 세계인 것 같은 기분이 들어 일본 신화 속 천상의 나라인 '다카마노하라(高天原)'를 연상하게 된다. 천녀를 떠올리게 된다. 그러나 이는 공상적이라기보다는 이상적이다. 나는 경성에서 이 산을 올랐다. 이 산기슭에는 경성 시가가 펼쳐져 있고 몇 십만 동포가 현재 거주하고 있다. 이는 틀림없는 사실이다. 이렇게 내 자신에게 분명하게 말해 본다. 그러나 한편으로 어딘가 거짓말인 것처럼 느껴지기도 한다. 단지 그런 기분이 들 뿐이 아닐까, 꿈이 아닐까, 동포들이 정말 이 나라에 살고 있을까? 이런 의심이 들면서, 내 눈에 비친 사회의 모습, 사회생활 속 나의 경험, 이런 것들은 이미 몇 천 년 전 옛날의 일인 것처럼 생각되었다. 세계의 인류가 멸망한 후에 몇 천 년이 더 경과한 무인의 섬, 들, 산인지도 모른다. 어쨌든 어디에서 온 것인지 잘 모르지만 이곳으로 오게 된 것이 신기한 생각이 든다.

물론 조선의 산에도 예외는 있다. 바로 눈앞의 남산을 비롯해서 여기저기에 큰 소나무가 없지는 않다. 석왕사에도 소나무는 많다. 소요산은 단풍의 명소 중 하나이다.

나는 예전에 어느 가을날 하루 성환(成歡)으로 놀러 간 적이 있었다. 어딘가 옛날 풍으로 끝없이 뻗어있는 하얀 길에는 아무리 걸어도 녹음이라고는 거의 없었다. 그저 붉은 산과 흰 산이 구불구불 이어져 있을 뿐이었다. 그 근처에는 그다지 높은 산은 없었는데 고원을 걷는 듯한 느낌이 들었다. 러시아 작가의 작품 속에 나올 것 같은 분위기였다. 석양은 특별한 느낌을 주었다. 뭐라고 말하기 힘들지만 가슴이 아플 정도로 감상적인 기분이 들었다. 붉은 석양이 민둥산들을 붉게 물들인 풍경은 슬프기도 하고 쓸쓸하기도 하고 사랑하는 사람을 멀리 두고 혼자 방랑하고 있는 듯했다. '붉은 석양의 만주에서'라는 노래 가사가 마음에 와 닿았고 대지를 향해, 또 석양을 향해 눈을 감고 합장을 하며 기도를 올리고 싶은, 형언할 수 없는 심경이었다. 성환은 옛 전쟁터로 마쓰자키(松崎) 대위의 기념비가 있다. 수천 명의 병사가 눈앞에 떠오른다. 내지에서는 이런 느낌을 경험할 수 없을 것이다.

나는 조선에 온 해 가을에 지인들 일고여덟 명과 단풍의 명소 소요산에 놀러 갔다. 나는 매우 호기심에 가득 차 있었다. 명물이라든가 명소라든가 하는 곳들에서는 특별히 얻을 것이 없고 대개 누가 어떻게 했다는 곳, 옛날에 무슨 일이 있었다고 하는 역사적 흥미에서 회고적 서사시나 서정시적인 의미를 부여하여 간신히 즐기는데, 소요산은 그렇지 않았다. 산의 풍모가 너무나도 특이했다. 왕명(王蒙)이나 니잔(倪瓚)의 필법으로 그리면 그 정신을 표출할 수 있을려나 하는 생각이 들 정도의 귀봉신곡(鬼峯神谷)이 환명출몰(幻明出沒)하고 그 켜켜이 쌓인 암석의 틈에서 조숙하고 뒤틀린 나이 든 단풍이 무섭게 가지를 드리우고 맑은 물에 빨간 그림자를 비추고 있다. 골짜기는 깊고 길은 전부 바위로 연결되어 있어서 한 걸음 잘못 디디면 목숨이 위태로운 위험한 곳을 몇 군데나 지나면서 올라갔다. 아래로는 단풍이 계곡을 메우며 몇 겹으로 겹쳐져 있었고 위를 보면 이끼가 찬, 소라 같은 모양의 산봉우리에 색종이를 뿌려 놓은 듯했다. 그 사이에 흰 옷이 언뜻언뜻 보였다. 조선인이 이 선경에서 신선놀음을 즐기고 있는 것이다. 바위 위에서는 서너 명 정도가 무릎을 맞대고 술을 마시고 있었다. 갑자기 그중 한 명이 "한 잔 어떠신가요?"라며 술잔을 내밀었다. 신선의 나라에서 사양하는 것은 금물일 듯하여, 잔에 가득 찬 술은 사양하면 안 된다는 시구를 떠올리며 마셨는데 술은 무척 맛이 없었다. 어쨌든 여기는 기이한 산이며 험한 산이다. 중국인이 좋아하는 환상적이고 괴이한 상상을 펼치는데 적합한 선경(仙境)이다.

성현이 되기보다 신선이 되고자 하는 것이 중국인들의 지향점이다. 속세를 떠나 청정유원의 세계에서 초연하게 노니는 것은 그들에게 있어 최상의 복인 것이다. 그러한 사상 때문인지는 모르지만 중국인의 산 풍경 묘사 연구는 상당한 수준에 도달해 있다. 산 굴곡의 묘사 수준은 매우 높다. 중국 화법을 예시한 청조의 입문서 『개자원화보(芥子園畵譜)』를 보면 이러한 점을 대표적으로 알 수 있다. 이 화보에 묘출되어 있는 다양한 산의 풍모는, 다시 그대로 조선에 있는 산의 특질을 나타내고 있다고 할 수 있을 것이다. 물론 이는 내지의 산과는 상당히 거리가 있다.

다시 말하지만 내지의 산은 '정(情)'이다. '애(愛)'다. '미련(未練)'이다. 이런 내지의 자연은 구메(久米)선인이라는 신선이 빨래하던 아름다운 여성의 종아리를 보고 신통력을 잃고 지상으로 떨어지는 이야기의 배경으로 어울린다. 천애방랑의 수행승인 사이교(西行)의 영가에도 속세에 대한 애착과 연연함이 느껴진다. 그는 '꽃 아래에서 봄날에 죽고 싶네 음력 이월 보름달 뜰 무렵에'라는 글을 남겼으며,

'꽃이 없는 봄이면 무엇으로 날을 보내야 하는가'라는 글도 내지의 자연과 어울린다. 사이교는 역시 일본에서 태어난 사람이다. 가끔씩 나는 사이교나 소기(宗祇)나 바쇼 등의 방랑 시인이 조선에 태어났다면 어땠을까 생각해본다. 물론 역사나 사회 조직은 그곳에 태어나는 사람을 좌우하지만 이러한 민둥산이나 돌출된 뼈 모양의 산도 시인들에게 영향을 주지 않을 수는 없을 것이라고 생각한다.

어느 나라에서도 산이 회화나 문학에서 다루어지지 않는 곳은 없을 것이다. 그러나 일본의 회화나 문학에 나타난 산, 강담사들이 말하는 산은 저녁이 되면 반드시 한 줄기 흰 연기가 보이고, 붉은 등이 깜빡이며 한참 걸려 찾아간 곳에는 아름다운 아가씨가 있다. 그리고 강담사는 청중을 사로잡기 시작한다. 문학은 파란만장한 우여곡절의 내용을 전개해나간다. 조선의 산에는 이런 희곡적인 맛은 없다. 단지 적막한 들에 난 길이 어제와 같이 이어지고 시월 말에서 다음 해 삼월경까지 구름이 빛나고 있다. 그리고 단지 '옛날에 이곳을 걷던 사람은 가고 없다. 차가운 구름만 밤새 되돌아온다.'

1926년 2월 18일

어느 조선의 소녀

6월 27일 오후, 나는 집 방향으로 돌아가고 있었다. 올해는 여느 해보다 더위가 빨리 조선에 찾아와서 그 날도 타는 듯이 더웠다. 은빛으로 눈부시게 빛나는 하늘에, 더위를 억지로 참고 있기라도 한 듯한 남산 산꼭대기 바로 밑 평평한 곳에서, 서양부인의 금발을 연상시키는 뭉게구름이 보였는데 보기만 해도 땀이 흘렀다. 하얗게 마른 길은 조선 특유의 모래먼지로 가득했다. 심한 곳은 말 그대로 구두가 먼지 속으로 푹 들어가 버렸다. 따라서 자동차가 달리기라도 하면 그야말로 눈조차 뜨고 있을 수 없다. 붉은 흙먼지가 이삼십 미터 정도까지도 일어나서 사람들이 불쾌감을 느낄 수밖에 없었다. 그런 길이니 가능한 한 나도 조용히 걸었다.

삼각지에서 왼쪽으로 돌아서, 어딘가 스산한 양식집, 수상한 술집, 유리창에 큰 빵을 붙여두거나 나뭇잎 모양 빵을 실로 걸어 놓은 중국음식점 앞을 지나 작은 다리 근처에 다다랐을 때 나는 갑자기 예기치 못한 목소리를 들었다.

"돈" 어쩌고라는 말과 "아이고" 하는 소리였다.

약자가 강자에게 목숨을 빼앗기는 비참하고 애절한 절규였다. 쳐다보니 건너편 전찻길 쪽으로 난 길에 스무 살 정도의 노동자로 보이는 남자가 재빠르게 뛰어가고 있었다. 그는 검은 때가 묻은 헐렁한 바지를 입은 채 도망치고 있었다. 그 뒤를 25미터쯤 떨어져 열서너 살 정도의 조선인 여자아이 달리고 있었다. 작은 발을 바쁘고 재빠르게 움직이고 있다.

'무슨 일이지?'

내 머릿속은 의문으로 가득 찼다.

조선 소녀는 울먹이며 뭔가 외치면서 달리고 있었는데 조선말을 이해할 수 없는 나로서는 무슨 일인지 전혀 알 수 없었다.

소녀는 달리면서도 뒤쪽에 신경이 쓰이는지 뒤돌아보면서 또 달렸는데 그때는 이미 속력이 이전만 하지 못했다. 도망친 젊은이는 포플러나무를 스쳐지나 집들 사이로 사라져버렸다.

"도둑, 사람이……. 아이고, 아이고."

이 길을 지나가는 사람들 중에는 양복을 입은 일본인과 두 명의 조선 부인이 있었고, 자전거를 탄 꼬마도 달려가고 있었는데 누구 하나 상대하는 이는 없었다. 꼬마는 자전거 위에서 두 번이나 뒤돌아 보았는데 좌우로 흔들흔들 하며 지나가 버렸다.

나는 다리 옆까지 왔다. 그리고 거기서 무심코 혼란스러운 한 장면을 발견한 것이다. 그와 동시에 내 마음은 좌우로 흔들렸다. 모든 사건의 전말이 무엇인지 직감적으로 이해했다. 나는 멈춰 서서, 작지만 생생한 이 사건의 흔적을 주시했다.

다리 옆 하천 쪽에 사방 삼십 센티 정도의 찢어진 다다미가 있었다. 그 앞에는 나무를 뽑아버린, 직경 사십오 센티 정도의 화분에, 찐 고구마가 열 개쯤 뒹굴고 있었다. 잘 보니 동전도 서너 개 있다. 거기서 삼십 센티 정도 떨어진 곳에 빨래판 같은 나무가 한 장, 그리고 고구마 두 개가 뒹굴고 있었다. 나는 모든 전모를 이해했다. 저 소녀가 조선인 아이들, 노동자, 마차 인부, 중국인 노동자들을 상대로 찐 고구마를 팔고 있었던 것이다. 생각해보면 지금은 고구마 철이다. 고구마를 판 그 적은 돈을 젊은 남자가 빼앗아 간 것이다! 그런 것이 분명했다. 혹은 고구마를 실컷 먹고서 돈까지 빼앗은 건지도 모른다. 나의 이 추리는 아마 틀림없을 것이다. 한 바퀴 둘러본 후에 그 소녀는 어떻게 되었나 하고 얼굴을 들어보니 소녀는 터벅터벅 이쪽을 향해 돌아오고 있었다. 눈을 양손으로 부비면서. 나도 걸어갔다.

내 가슴에는 의분과 일종의 센티멘털한 마음이 들락날락하고 있었다. 젊은이가 그대로 도망쳐 버린 것이 무엇보다 불쾌해서 참을 수가 없었다. 그건 그렇다고 해도 지나가던 조선인, 일본인들이 보고 있는데도 그를 왜 도망치게 놔두었을까? 화가 난다. 냉혈한 인간, 냉혈한 사회. 정말 지금 세상은 직접 자기의 이익에 관련된 일이 아닌 일에는 피도 눈물도 없다. 이런 말을 하는 나도 그럴지도 모른다. 아, 역시 이래서 안 된다. 모두 근본적인 것이 잘못되어 있다. 이런저런 생각을 해본다. 이 염천하, 내리쬐는 태양 아래에서 한 푼 두 푼 모은 돈. 고구마가 줄어드는 것과 반대로 숫자가 늘어나는 동전을 보면서 소녀는 어떤 공상을 펼쳤을까? 아마도 즐거워했을 것이다. 어떤 어머니 어버지가 있는 아이일까? 오늘 밤은 뭐라고 하고 집으로 돌아갈까? 또 잔혹한 꾸중을 받게 되는 것은 아닐까? 이런 생각을 했다.

"애야 어떻게 된 거니?" 나는 소녀와 일 미터쯤 떨어진 곳에서 말을 걸었다. "고구마를 훔쳐갔니?" 조금 허리를 구부리면서 말했다.

소녀는 때가 가득 묻은 양손으로 눈을 비비면서 가슴이 터질 듯이 흐느껴 울고 있었다.

"……." 소녀는 내 쪽을 쳐다보려고 조차 하지 않았다.

"자, 이걸 주마" 이렇게 말하고 두세 걸음 따라가면서 나는 약간의 금전을 손에 쥐어주고 "집으로 바로 가라"라고 친절하게 말했다.

나는 고백하건대, 거지라든가 길에서 만나는 불쌍한 사람들에게, 생각이 있어서이기는 하지만, 어쨌든 돈을 건넬 생각 따위는 좀처럼 들지 않는다. 그런데 이 소녀에게는 적은 돈이라도 주지 않고서는 마음이 진정되지 않았다.

소녀는 내 말 따위가 무슨 뜻인지도 알 수 없었을 것이다. 일본어였으니까.

"……."

손에 은화를 쥐어줄 때, 소녀는 그때 묻은 손등 사이로 눈물 어린 한쪽 눈을 내밀어 힐끔 나를 보고는 다시 이전처럼 훌쩍이면서 스쳐지나갔다.

대로에서 옆길로 꺾어져야 하는 지점까지 왔을 때 뒤를 돌아보니, 다시 소녀는 다리 근처에 작은 원숭이처럼 앉아 있었다.

1924년 6월 30일

내기 장기 이야기

4월의 비 내리는 날이었다. 우리 집을 처음 방문한 K는 여러 가지 이야기를 시작하면서 다음과 같은 이야기를 했다.

그것은 바둑과 장기에 관한 이야기였다. 그는 힐쭉 웃으면서 "장기라면 정말 손에 식은땀을 쥘 정도로 기분 나쁜 경험을 한 적이 있습니다."라며 이야기를 시작했다.

"왜 그랬는데요?"

나는 너무나도 기분 나빴다는 듯한 그의 표정에 완전히 빠져 들어 이렇게 질문을 했다. 그리고 도대체 어떤 일이었을지 상상이 잘 안되었기 때문에 점점 흥미가 생겨서 그의 얼굴을 빤히 들여다보듯이 시선을 고정했다. 그는 갑자기 딱딱하게 긴장했던 얼굴을 누그러뜨리며, "하하하, 지금 생각하면 정말 우스워서 말이죠, 하하하"라며 웃었다.

눈에 눈물까지 고인 채 입을 크게 벌려 웃으며 그는 다음과 같이 말했다.

"저는 가끔씩 그때 일을 떠올리면서 웃곤 합니다." 나는 엉거주춤해진 자세를 다시 일으켜 앉으며 자세한 영문도 모른 채 같이 크게 웃었다. 그리고 다시 앞으로 숙인 자세로 "도대체 무슨 일이 있었던 건가요?"하고 거듭 물어볼 수밖에 없었다.

그는 "그게 말입니다,"그는 말을 시작했다가 다시 웃더니 "벌써 십이삼 년 전이나 옛날 일입니다. 제가 서른두세 살쯤 되었을 때인데 내기 장기를 두고 제가 백팔십 원 이상을 딴 얘기지요."

"뭐라구요!" 나는 깜짝 놀랐다.

"백팔십 원이라구요?"

"예, 백팔십 원 정도였지요."

"그럼 상당히 고수군요!"

"아닙니다, 그러니까 웃긴 거지요, 하하하. 저는 전혀 잘하지도 못하고 고수도 아무것도 아닙니다. 단지 아버지께 차나 금장, 은장을 놓는 법만 겨우 배웠을 뿐입니다."

"어떻게 된 거죠?"

"묘한 일이에요. 오월 경이었는데 제 친구 중에 장기를 좋아하는 녀석이 있는데 그의 소개로 본적도 만난 적도 없는, 도쿄에서 온 장기 오단이라는 사람이 갑자기 찾아왔어요. 그것도 제가 장기를 좋아한다면 또 모르겠는데, 좋아하지도 잘 하지도 않으니 그저 귀찮은 사람이 찾아왔다고 생각했지요. 하지만 친구 앞이라서 그런 내색도 못하고 뭐 이삼 일 있으면 가겠지, 하고 생각했습니다. 그런데 이 사람은 좀처럼 떠나지 않았습니다. 게다가 그때는 오월 장마철이라서 매일 매일 비는 내리고 갑자기 나갈 수도 없기는 했습니다. 우산 한 개도 없고 돈 한 푼도 없는 사람이었어요. 닷새째,

엿새째가 되니 왠지 그 손님이 미워져서 얼굴을 쳐다보기도 싫어졌습니다. 그 무렵에 나는, 지금도 그렇기는 하지만 그렇게 잘 알지도 못하는 사람에게 밥을 먹이고 재워줄 만큼의 여유도 없었고, 아내도 계속 싫은 얼굴을 하고 있는데 나도 할 말이 없었습니다. 이쪽에서 싫어하고 불편하게 생각하고 있다는 정도는 상대방도 알고 있을 텐데, 오늘은 이제 돌아갔으려나 하고 직장에서 돌아와 보면 역시 방구석에 덩그러니 앉아 있어요. 그런 식으로 십이삼 일이나 지났을 때였습니다. 저녁에 제가 목욕탕에서 돌아오자, 그는 "근처에 장기를 아주 잘 두어서 내기 장기만 두는 노인이 어딘가 이 근처에 있다고 하셨죠?"라고 물었습니다. "있지요."라고 저는 답했습니다. 그가 우리 집에 온 밤에 이 노인에 대해서 말한 적이 있었습니다. 아주 장기를 좋아하는 부자 노인입니다. 재목상을 했는데 꽤 재산가로, 그저 쉽게 두는 장기는 재미가 없다며 내기 장기만 두는 사람이었습니다. 상당히 고집 센 노인이었지요. 시골 초단, 시골 초단이라고 했습니다. 그 노인과 내기 장기를 두지 않겠느냐고 하니 저는 깜짝 놀랐습니다. 어떻게 저 같은 사람이 상대가 되겠느냐고 말하자, 장기 오단 선생은 "아니 상관없어요. 제가 가르쳐 드릴게요."라고 했습니다. 그때 상대를 하지 말았어야 하는데, 무심코 점잖지 못한 생각이 일어났습니다. 이런 장기꾼이 우리 집에 십이삼 일이나 눌러앉아 있으니 손해도 많았고, 아내도 기뻐할 거라고 생각한 저는 "어떻게 할 거죠?"라고 물었습니다. 그는 "나도 같이 가는데 장기는 당신이 두시고, 내가 비스듬하게 상대편 뒤에 앉아 그 때 그때 신호를 할 테니 그대로 말을 움직이면 됩니다."라고 했습니다. 그렇게 해서 그 신호 방법을 완전히 배운 겁니다. 이제 거의 잊어버렸지만 담뱃대에는 물부리와 설대, 대통이 있는데 그 각각을 셋으로 나누면 아홉이 되지요. 그걸로 하는 겁니다. 장기판은 아홉 줄이니까 딱 좋습니다. 나는 그가 하는 말을 듣고 무서웠습니다.

어쨌든 그 장기꾼은 설대 부분을 잡고 빙글빙글 돌리면서 신호를 합니다. 예를 들면 물부리를 입에 대면 차 쪽 끝줄의 말을 움직이고, 대통 중간을 잡으면 모서리 줄의 말을 움직이는 식으로, 담뱃대를 아홉으로 나누어 잡는 부분이 장기판을 아홉 줄로 나눈 부분이 되는 겁니다. 그리고 상대편의 뒤에 앉아 있기 때문에 내 쪽에서는 잘 보이지만, 상대방은 눈치 채지 못합니다. 들고 있는 것이 담뱃대이니 불을 붙여서 연기를 뿜거나 빙글빙글 돌릴 뿐, 말을 하는 것도 아무것도 아니니까요. 세 손가락 끝으로 담뱃대를 돌리는 것쯤이야 누구나 할 수 있는 거지요. 그래서 좀처럼 눈치 채지 못하는 겁니다. 그리고 나도 그때는 뭔가 꺼림칙하고 나쁜 일을 하러 가는 것 같아서 가슴이 두근두근 했지만 마음을 굳게 먹고 갔습니다. 장기꾼은 단지 장기를 좋아하니 구경하고 싶다고 말했습니다. 그리고 처음 오십 전을 걸었지요. 그런데 말의 행방 정도는 알아도 어떻게 두어야 할지 도저히 알 수가 없었습니다. 하지만 보고 있을 수만은 없어서 적당히 두었습니다. 노인은 "그러면"이라든가, "흠", "역시"라고 말하고는 목을 갸웃하는데 이쪽은 아무것도 제대로 알지 못한 채 장기를 두고 있었습니다. 한 수 두고 나서 노인 뒤에 비스듬히 앉아있는 오단 선생을 보니 담뱃대만 열심히 돌리고 있는 게 아니겠습니까, 하하하. 처음에는 잘 몰랐는데 조금 익숙해지자 아홉 줄 중에 어느 줄인지만 알려주면 그 줄에 내 말이 세 개, 혹은 네 개나 있을 때에도, 적과 아군의 형세로 어느 말을 움직여야 하는지는 알 수 있습니다. 그러자 시골 초단이라는 노인이 난감해하며 생각만 하고 있겠지요. 그리고 "자네 이거 상당히 실력이 있으시군."이라며 감탄했습니다. 나는 웃을 수도 없고 도대체 뭐라고 해야 할지 모르는 심정이었습니다. 그런 식으로 한 판 승, 두 판 승, 두 판정도 이기고 나면 한 판 정도는 져줍니다. 지는 것도 오단 선생의 지시인데 아무리 오단 선생얼굴을 보아도 아무 신호도 안하거나 지도록 신호를 보내는 거지요. 그래서 이 내기라는 것은 무엇이든 판이 커질 수밖에 없는 것으로, 노인은 점점 궁지에 몰리자 지금까지 잃은 돈을 전부 회수하려고, 처음에 오십 전, 일 원이었던 판이 십 원, 이십 원 등 점점 큰 돈을 걸자고 하기 시작했습니다. 내기판이 커지니 오단 선생은 바쁘게 담뱃대를 돌리며 신호를 했지요, 하하하. 그런 식으로 그날 밤 칠십팔 원이나 딴 겁니다. 그러자 노인이 아쉬워하며 다음날은 아침부터 두자고 했습니다. 나도 재미있어져서 회사도 쉬고 장기를 두었습니다. 그 다음날도 회사를 안 가고 장기를 두었습니다. 그래서 지금 말한 백팔십원을 딴 거지요. 그리고 나서 그 장기꾼은 오랫동안 신세를 진 것을 갚았다고 생각했겠지요. 다음날 돌아가겠다고 해서 나도 용돈으로 오십 원을 주었습니다. 그런데 그때까지는 아주 좋았는데 그 후 한 달 정도 지난 후에 다시 그 노인이 또 장기를 두자고 하는 겁니다. 말문이 막혔지요. 이제 와서 나는 장기를 모른다고 말할 수도 없었고요. 처음에는 회사일이 바쁘다든가 오늘은 상담회가 있다는 등 거짓말을 늘어놓으며 피했는데 상대방은 시간이 많은 사람이니 매일 물어보며 매일 밤 장기를 두자고 했습니다. 여기에는 저도 정말 어쩔 도리가 없었습니다. 그렇지만 아무 방법이 없었습니다. 결국 나는 자백을 해버렸습니다.

"그러니 그 돈은 한 번에는 돌려드리지는 못하겠지만 매월 갚아 나가겠습니다."

그러자 그 노인은 "그럴 줄 알았네. 이틀째 밤부터는 따라온 남자가 어딘가 수상하다고 생각은 했어요. 자네가 두는 수에 좋은 수하고 나쁜 수가 차이가 너무 났어. 이렇게 둘 수 있는 사람이 그런 차이가 있을 리는 없는데. 너무 이상했지."라고 말하더군요."

나는 침을 삼키며 듣고 있었는데 드디어 안심이 되었다.

"그래서 그 돈은 전부 갚았습니까?"라고 묻자, 그는 "아, 그 돈 말입니까? 그 노인이 원래 돈은 많은 사람이라서 자백을 했다는 점을 감안해서 반액으로 참아 주셨습니다. 그래서 정말 다행이었지요. 정말 이제 나쁜 일은 해서는 안 된다고 깊이 뉘우쳤습니다."

두 사람은 동시에 소리를 내어 웃었다. 그는 또 눈물을 짜내며 웃고 있었다.

고려의 수도 개성에서 노닐다

시월 이십사일, 고려의 옛 수도 개성을 방문했다. 경성에서 기차를 타고 가면 한 시간 사십 분에 갈 수 있다. 인구 삼만 정도의 도시로 역사적인 의의가 있는 곳이고 당일치기 행락지로는 마침 좋은 곳이기도 해서 한 번은 꼭 가보고 싶다고 생각해 왔었지만 기회가 없었다.

여덟 시 십오 분에 이번에 신축된 경성역에서 기차를 탔다. 기차가 움직이기 시작하자 나는 차가운 창문에 얼굴을 기대고 몇 천 년 동안 버려진 듯한 산야의 풍경을 주시했다. 하늘은 매우 맑게 개어 있었다. 바닥이 뚫린 듯 파랗고 해맑으며 신선하고 생생하다. 창에서 하늘을 올려다보니 달콤하고 기쁜 기분이 들었다. 그리고 몸이 가벼워진 느낌이었다. 나는 높이 올라가는 풍선 방울을 상상했다. 하늘 위 선녀를 상상했다. 자연히 이 창문에서 빠져나가 끝없는 하늘로 비상하는 것이 아닐까 하는 생각이 들고, 그렇게 되면 큰일이라는 생각도 조금 들었다. 그러면서 유정지(劉廷芝)의 '꽃잎이 이리저리 흩날리는데 누구 집에 떨어지는가(飛去飛來落誰家)'라는 시구를 떠올리며 낭만적인 공상을 펼치고 있었다.

조선인의 초가집 위에 서리가 내려 있었다. 문 앞에 뒹구는 검은

병 위에도 서리가 하얗게 쌓여 있었다. 주변의 풀은 말라서 비틀어져 보였다. 지붕에는 말린 고추가 빨갛게 보였다. 얼굴이 야윈 조선인 아이 두 명이 기차를 올려다보고 있었다.

기차는 달려간다. 푸른 나무가 극히 적은 빨간 민둥산이 멀어졌다가 가까워졌다가 계속되다가 끊어지다가 하면서 가을색 짙은 평야가 펼쳐졌다.

지금은 논의 수확기로 벼는 구십 퍼센트 정도 베어져 있다. 장소에 따라서 바닥에서 말리는 곳도 있는데 대개는 논 앞에 맑은 물이 조금씩 있고 벤 이삭은 다발로 묶어서 논두렁에 떼 지어 늘어서 있다. 한 다발씩 세워져 있는 것이 나에게는 신기해 보였다. 이것을 유유자적하는 붉은 소에게 지워서 하나 하나 집으로 운반하므로 내지처럼 탈곡을 하는 사람은 한 명도 없었다. 그런데 조선에는 탈곡기라는 것이 없다. 아니, 있을 지도 모르겠지만 나는 본 적이 없다. 내가 여기저기서 본 것은 터는 것이 아니라 때리는 것이다. 그 방법 또한 난잡한데 아무것도 깔지 않고 문 앞 바닥 한가운데에 큰 나무 둥지를 두고 벼이삭을 양손으로 잡을 수 있는 만큼 쥐어 나무를 때린다. 따라서 벼가 사방으로 튄다. 네다섯 되 분은 튀어서 사라진다. 하나를 보면 열을 알 수 있다고, 그런 방식으로 하니 일이 제대로 진척되지 못한다. 게다가 이런 안개가 낄 듯이 넓은 평야에 인가는 하나도 보이지 않아서 도대체 어디서 사람이 나와 수확의 정리를 할 것인지 이상하면서도 궁금했다.

산 아래 밭에는 고량이 익어가고 있었다. 무나 배추는 제법 익어

있었다.

들판 끝에 보이는 네다섯 개의 돛이 차창을 스쳐 지나갔다. 그리고 기차는 임진강 철교에 이르렀다. 이 강은 인천 바다로 연결되는데 마침 그때는 간조 때로 물은 한 방울도 없었다. 긴 돛이 달린 배가 검은 갯벌 위에 내던져진 듯 기울어 있었다. 조선에서는 어디를 가 보아도 강에 제방이 없다. 물이 있는 곳은 바로 강이고, 늪이고, 물이 없는 곳이 논이며 밭이다. 아니면 갈대나 싸리가 무성한 황야이다. 내지 여행처럼 사람 냄새가 나는 곳은 어디에도 없다. 좀스럽지 않다. 그 황폐함 속에는 과거를 떠올리게 하는 부분이 있다. 가을바람에 흔들리는 잡초는 먼 옛날이야기를 마음속 깊이 품고 있기라도 한 듯, 회고적 정서를 띠고 있다. 그러나 원망이나 한탄의 울림은 없다. 그저 자연의 운명을 받아들이고 있는 것 같은 모습이다.

기차는 작은 역을 몇 개 통과했다. 그 작은 역에는 낙엽송이 단풍 들어 있었다. 벚나무와 느티나무도 단풍이 들어 있었다. 산이 있고 아침 해가 비추면 잎새 뒤편이 밝게 보이는 밤나무 숲도 있었다.

개성이 가까워지자 몇 줄씩 늘어선 닭장 같은 것들이 밭 여기저기에 보였다. 이 지역에서 유명한 인삼 밭이었다. 개성이 조선의 인삼 산지로 유명한 것은 누구나 아는 사실이다. 인삼은 한 칸 정도의 사각형 모양으로 흙을 쌓아 올려서 만든 배양지에 얌전히 심어져 있었다. 이 풀은 분재에서 자주 쓰는 백량금이라는 나무와 매우 비슷했다. 줄기도 잎도 열매도 정말 닮았다. 하지만 물론 풀이다. 겨울에는 마르고, 봄에 다시 싹을 틔운다. 그건 그렇다고 해도 조금 이상한 것은 태양 광선을 싫어한다는 것이었다. 그러므로 그렇게 닭장 같은 곳 안에 심는다. 종자를 뿌리고 육년째에 수확을 한다고 하는데, 그것도 인내심이 필요할 것 같다. 여기에서 나오는 것은 모두 홍삼으로 시중에서는 팔리지 않는, 관영이다. 백삼보다 고급품으로 귀하게 여겨진다. 나는 예전에 수출하고 남았다는 삼을 총독부의 불하로 산 적이 있었다. 관리가 아니면 그 불하는 받을 수가 없다. 나는 그것을 주전자에서 달여서 마셨다. 살짝 쓴 맛이 있고 달콤한듯하면서도 구수한 향이 났다. 물론 약효를 충실하게 믿고 끈기 있게 마시지도 않았지만 그다지 효험을 느끼지는 못했다.

아홉 시 오십오 분, 기차는 개성에 도착했다. 앞 광장에 나가자 자동차가 세 대 있었다. 자동차라고는 해도 너무 낡은 고물로 조금 불쌍하다고 생각될 정도였다. 건너편에는 찻집이 있었다. 과자가게도 있었다. 그리고 여관도 있었다. 그 여관과 과자가게 사이에 폭 1.8미터 정도의 올라가는 방향으로 경사진 하얀 길이 백 미터 정도 보이고 그 뒤로는 사라져서 보이지 않았다. 아마도 건너편 쪽으로 내려가는 방향으로 경사가 져 있을 것이다. 그 길의 좌우는 단풍이 진 밤나무 숲이었다. 밤나무 숲 위로는 바위산이 보였다. 이렇게 서있는 내 옆을 화가 두 사람이 화구 상자를 어깨에 메고 걸어갔다. 고물 자동차가 한 대, 두 대 지나갔고 결국 세 대 모두가 여관 뒤편으로 사라져버렸다.

나는 철도공원을 빠져나와 좁고 지저분한 일본인 마을로 나왔다.

길이 너무 좁아서 차양을 따라 걷고 있는 듯하다. 솜 집 간판이나 이발소의 처마에 달린 종달새 상자가 어깨에 닿을 듯했다. 어느 가게에도 손님다운 이는 보이지 않았다. 마흔 살 정도의 여자가 "난 지금 막 일어났어요."라고 큰소리로 말하고 달려갔다. 저편에서 어린이가 한 명 걸어온다. 쓸쓸한 동네다.

일본인 마을을 나가면 개성 시가지의 혼도리라는 길이다. 여기는 완전히 조선 마을로, 그 입구에 남대문이 서있다. 이는 저 멀리 경성으로 통하는 출입문으로 조선 최고의 목조 건축물이다. 경성의 남대문보다 삼 년 빨리 세워졌다고 들었다. 돌계단을 밟고 누각 위에 오르면 사방이 잘 보였다. 사방에 두꺼운 기둥이 서있고 넓이는 다다미 사십 장 정도는 깔 수 있을 정도인데, 나무판이 깔려있을 뿐으로 커다란 종이 놓여 있었다. 나는 이런 큰 종을 여태껏 본 적이 없었다. 종을 만들 때 조선 전래의 미신에 의해 일고여덟 살의 아름다운 소녀를 치장하여 가마 속에 던져 넣어 겨우 만들 수 있었다는 이야기가 전해져 온다. 경성 종로에 있는 종도 상당히 크지만 그것보다 몇 배나 이 종은 컸다. 높이는 삼 미터 정도로, 아래에서 손을 넣어보니 두께도 삼십 센티 정도나 되었다. 그리고 범자와 몽고자, 한자 등으로 뭔가 적혀있었다. 오백칠십 년 전 고려의 충목왕이 주조했다고 한다.

언제 어디서 이 종을 울렸는지 지금 알 수는 없지만 상당히 멀리까지 종소리가 울려 퍼졌을 것이다. 젊은 남녀, 궁녀들의 그리움을 나누는 종은 아니었을까. 산 저편에 사는 무정한 사람을 원망하는 마음을 고조시키는 종이 아니었을까. 나는 쓸쓸한 마음이 들었다. 한 번 손으로 때려 보았다. 전혀 울리지 않았다. 좀 더 힘을 넣어 때려 보았다. 내 손이 아팠다. 그리고 지극힌 먼 곳의 땅 속에서 맹수가 으르렁대듯이 "워엉"하는 희미한 소리가 울렸다. 나는 한층 더 쓸쓸해졌다.

좁은데다가 돼지 냄새까지 나는 초가집 사이를 빙빙 돌아 빠져나와서 관덕궁(觀德宮)에 올랐다. 여기는 옛 대관들이 사격을 즐겼던 곳으로, 지금도 가끔 사격을 한다고 한다. 가까이에 개성신사가 있다. 전망이 좋은 곳이었다. 나는 커다란 느티나무에 기대어 시가지를 내려다보았다. 누군가 개성을 조선에서 발전이 없는 시가지의 표본이라고 평했는데, 무슨 말인지 수긍이 갔다. 위에서 보면 부패해 하얗게 변한 조선 가옥이 그저 늘어서있다. 개중에는 드문드문 석조건물도 보이는데 그것은 모두 외국인들의 주택이거나 외국인이 경영에 참여하고 있는 학교였다. 개성이 산과 산 사이에 있다는 점은 경성 시가지와 거의 비슷하다. 경성은 바다에 가깝다. 한강이라는 큰 강이 있다. 개성은 삼면이 산으로 둘러싸여 있다. 이래서는 발전하려 해도 발전할 수가 없을 것이다.

나는 도시락을 펼쳐서 먹었다. 벌써 열두 시였다. 발아래에 시가지가 펼쳐져 있는데 시가지에서는 아무 소음도 들리지 않고 단지 좋은 장단의 부드러운 다듬이 소리만이 들려왔다. 나는 이 애수어린 다듬이 소리를 들을 때마다 이백의 시를 떠올렸다.

長安一片月
장안에 뜬 한조각의 달

萬戶擣衣聲
집집마다 들려오는 다듬이 소리

秋風吹不盡
그치지 않고 불어오는 가을바람

總是玉關情
이것은 모두 옥관의 정

何日平胡虜
언제 흉노를 평정하고

良人罷遠征
님은 원정에서 돌아올까

이 시 안에 포함된 멀리 있는 이를 떠올리는 정서는 무엇보다도 다듬이 소리에 어울린다고 생각한다.

그리고 나는 언덕을 느릿느릿 내려와 숭양서원으로 갔다. 그곳은 고려 말엽의 충신 정몽주의 저택이 있던 곳이라고 한다. 지금 남아 있는 것은 붉고 푸른색으로 칠한 사원풍의 건물로 열네댓 살 정도로 보이는 학생들이 삼사십 명 있었다. 옛날 학교 혹은 서당이라고 해야 할 만한 곳이다. 정몽주가 자객에게 죽임을 당한 선죽교는 바로 앞에 있었다. 폭은 한 칸 정도의 물이 흐르지 않는 얕은 강에 돌다리가 세워져 있고 주위를 돌난간이 둘러싸고 있었다. 그것은 정몽주가 죽었을 때에 흐른 혈흔을 영구히 보존하기 위함이라고 한다. 다가가서 보니 정말 화강석에 칠팔십 센티 정도 암갈색의 반점이 묻어있었다. 물론 이것은 당시의 혈흔은 아닐 테지만. 이곳을 지나며 그날 밤의 비극에 대해 여러 가지로 상상하는 데에 강력한 길잡이가 되기는 했다. 다리의 바로 밑에는 조선 부인이 흰 천을 빨고 있었다. 강가의 늙은 버드나무는 반 정도 노란빛을 띠고 있었고, 수면에 쉽게 떨어지고 있었다.

다리를 건너 반대편 강가에 사방 백이십 센티, 높이 백팔십 센티 정도의 작은 비석이 세워져 있었다. 정몽주가 살해당했다는 소식을 듣고 순사한 이의 비석이었다. 나는 경건한 마음으로 붉은색이 칠해진 격자에 손을 걸고 안쪽을 들여다보았다. 물론 안에는 비석이 세워져 있었는데, '고려 충신 포은 정몽주 선생 공적비(功碑)'라고 적혀있었다.

다음으로 이와 반대쪽에 큰 비각이 있었다. 거기에는 정몽주의 비석이 있다. 큰 고사찰의 산문이기라고 한 듯 안에 들어가니 잡초가 길게 자라나 있었다. 풀에 뒤덮인 듯한 징검돌을 밟아가니 붉게 칠한 격자를 돌아 안에 커다란 거북이를 새긴 받침대에 매우 큰 비가 두 개 세워져 있었다. 하나는 지금으로부터 백육십 년 전 영조가 세운 것으로, '도덕과 정충이 만고에 뻗치니 태산 같은 고절의 포은공이로다(道德精忠亘萬古 泰山高節圃隱公)'라는 글이 새겨져 있으며, 다른 하나는 삼십 년 전 이태왕(고종)이 세운 것으로 '높은 충절

과 대의가 우주에 빛난다. 우리 유학 동방에서 공에게 힘입었네(危
忠大節光宇宙 吾道 東方賴有公)'라고 새겨져 있다. 둘 다 이조가 개성
시민을 다독이기 위해 정책적으로 세운 것들이다.

나는 길을 알 수 없을 때에는 사람들에게 물어보면서 인삼밭 사
이를 걸어갔다. 조선 전국의 불량소년들이 모인다는 소년감옥의 벽
돌 담장을 따라서 길을 돌아 섰다.

산봉우리들 사이가 좁혀지면 푸른 하늘도 점점 좁아지고, 돌이
많은 길은 잠시 험악해지면서 단풍은 지금 정말 비단을 깔아놓은
것처럼 보인다. 은행은 꼬리를 하늘에 던진 듯이 노랗게 되고, 담
쟁이가 검은 바위에 군데군데 붙어있고 맑은 물이 흘러 단풍의 빛
을 비추고 작은 새가 가끔 물 위에 검은 선을 그리니, 아무리 봐도
에도 시대의 화가 고린(光琳)이나 호이쓰(抱一)가 작품에서 다루던
소재이다. 9세기 중국의 시인 두목(杜牧)이 지은 산행을 다룬 시를
생각해보면, '서리 맞은 단풍잎 음력 이월(춘삼월)의 꽃보다 붉어라'
라는 시구는 정말 적절한 표현이라고 생각된다.

더욱 깊은 감동을 느낀 것은, 이런 아름다운 경치에는 고린도 호
이쓰도 붓을 내던져 버릴 것 같은 채하동(彩霞洞)에 도착하여 계곡에
드리워진 심홍색 그늘을 마주했을 때였다. 이곳은 전임 군수 박우현
의 별장이었는데 지금은 일반에 개방되어 자유로이 유람을 할 수 있
게 되어있었다.

<그림> 조선 귀족의 뱃놀이

일본식 건물과 석조 건물 두 채가 있었고 백발노인이 밤을 말리고 있었다. 단풍나무 가지가 환하게 드리워진 안쪽으로 깎아놓은 듯한 바위가 있고 물이 떨어지고 있었으며 커다란 소나무가 뱀처럼 지상을 기어가는 모습 등은 실로 선경이었다.

여기에서 고려 왕궁 유적 만월대는 반리도 떨어져 있지 않은 가까운 곳이다.

왕궁터로 향하는 길에 사과 밭이 펼쳐졌는데 길 양쪽으로 가지가 풍성하고 붉은 사과가 달려 있었다. 밭 주위에는 가시나무로 단단하게 울타리를 만들어 놓았다. 커다란 홍귤나무에는 열매가 주렁주렁 달려있었고 그 주위를 삼엄하게 막아두었는데 이 집에 사는 주인의 마음을 눈치채고 조금 흥이 깨졌다는 『쓰레즈레구사

(徒然草)』속의 이야기가 떠올랐다.

　잠시 이 왕궁터에 와 보니 풀은 무성하고 초석의 모서리에는 석양이 차갑게 비추는데 '아아'하는 탄식이 새어나오며 알 수 없는 비애에 가슴이 메었다. 이것이 오백 년이라는 긴 세월 동안 왕국이었던 곳이라고는 도저히 생각하기 어려웠다. 나는 겨우 옛 흔적이 남아있는 포석에 위에 서서 걷잡을 수 없는 감상에 젖었다. 신풍문, 회경문, 장화전, 후궁, 그리고 그 각각의 초석 위에 설 때마다 주위를 둘러보았다.

　뒤편으로는 산이 있고 봉우리에서 봉우리를 따라 성벽이 이어져 있었다.

　나는 거기에 떨어져 있는 부서진 기와 조각을 주워 만져보고 던져보기도 했다. 이 뒤의 산에 오르면 화창한 날에는 경성 북한산 봉우리가 보인다고 한다. 오늘은 날씨가 화창이니 혹시 보일 지도 모르는 일이었다. 하지만 나는 이미 지쳐있었다. 해도 서쪽으로 기울어 붉은 석양을 뒤로 한 채 길을 돌아 나왔다. 많은 궁녀들의 일상생활을 상상해보면서 어느 틈엔가 감상적인 기분으로 길을 걷고 있었다.

1925년 10월 30일

꿈

이것은 어느 날 밤에 내가 꾼 꿈이다. 지금까지 이렇게 긴 꿈을 꾼 일은 별로 없었고 대개 다음날 아침에는 흐릿하게 잊혀지는데, 이 꿈만은 명료하게 뇌리에 남아있어서 일기 대신 적어보았다.

　　나는 한강로를 걷고 있었다. 얇은 비단에 흐린 먹으로 그린 것 같은 저녁놀이었는데 어디에서 어디로 가려는 것인지 스스로도 알 수 없었다. 누군가가 하늘에서 던져놓은 것처럼, 아니 잘려진 필름이 비춰내는 찰나 같은 느낌으로 걷고 있었다. 저편에서 서른 살 정도의 여자가 달려오는 것이 보였다. 키가 크고 마른, 안색이 나쁜 여자였다. 머리카락이 흐트러진 채 정강이를 드러내고 있으며 제정신이 아닌 듯하다. 아무리 천박한 여자라고 해도 좀처럼 그렇게 흐트러진 모습으로 달리지는 않을 것이다. 만약 그런 일이 있다면 그 이면에는 위급한 사건이 숨겨져 있을 것임에 틀림없었다. 이런 일에는 놀라기까지는 하지 않더라도 강하게 주의를 할 필요가 있었지만 내게는 어떤 불안도 암시도 일어나지 않았다. 소나 말이 날아가는 정도로도 느껴지지 않았다.

　　여자는 나를 스쳐 지나가면서 히죽 웃어 보였다. 그 웃음은 내 마음에 실을 걸어 잡아당겼다. 나는 곧 뒤를 돌아 그녀가 가는 방향으로 걷기 시작했다. 이 여자에게 끌린 마음을 뭐라고 표현해야 할지, 적당한 말을 찾기 어렵다. 신비로운 힘과 암시에 걸려 그저 그쪽으로 가야만 했다. 나는 계속 여자의 뒤를 따라갔다. 물론 목적지가 있는 것은 아니었다. 야심이 있는 것도 아니었다. 또한 이성으로서의 의식이 있던 것도 아니다. 그저 줏대 없는 한심한 사람처럼 따라갔다. 그때 여자는 평범한 발걸음으로 걷고 있었는데 뒤도 돌아보지 않은 채 "당신은 제가 가는 대로 따라오세요!"라고 초등학생을 대하듯이 말했다. 그런 어투의 말을 들어도 전혀 이상하게 생각되지 않았다. 그러나 한편으로 마음속에서는 '푸석푸석한 말린 생선처럼 말라비틀어진, 사마귀 같이 여윈, 돈을 위해서 시종일관 고생만 해온 듯한, 야비해 보이는 품위 없는 여자'라고 생각했다. 그러면서도 여자가 가는 쪽으로 계속 따라가야 했다.

날이 어두워져서 거리에는 전깃불이 켜져 있었다. 왼쪽으로 단팥죽집이 있었는데 그 가게만이 눈에 띄게 밝게 보였다. 양쪽으로 늘어서있는 집들은 우키요에의 야경처럼 보라색과 감청색을 섞은 흐린 물감으로 삼각형을 몇 겹씩 겹쳐 그려놓은 것처럼 보일 뿐이었다. 구십 센티 정도의 들창에 진열된 흰 떡과 밤이 들어간 떡, 마루를 깔지 않은 토방에 놓인 한 평 정도의 받침대, 그 위에 놓인 둥근 철제 화로, 그리고 화로 위 구운 떡 등이 모두 선명한 색채를 띠고 있다. 여자는 "단팥죽 같이 먹어요."라고 말하고는 종종걸음으로 앞서 들어갔다. 나는 곧바로 여자의 뒤를 따라 들어갔는데 내가 토방 한 가운데에 섰을 때 여자는 이미 마루에 앉아서 붉은 대접에 담긴 단팥죽 한 그릇을 거의 다 먹은 후였다.

정말 재빠른 여자의 행동에 어이가 없었다. 아니 언제 저 자리 위에 올라가서 또 어느 틈에 저 단팥죽을 주문하고 저 빨간 대접은 도대체 언제 나온 것일까. 나는 요괴를 만나는 것을 상상할 때와 같은 불길함을 느꼈다. 또 이 토방에 선 채 삼사십 분 죽어있던 내가 지금 겨우 호흡이 돌아온 것 같은, 어쨌든 A점에서 B점까지 나의 의식은 끊겨 있었던 듯한 이상한 느낌이다. 나는 같이 먹자고 불러 놓고는 마치 상관없는 모르는 사람인 듯한 여자의 냉담한 행동이 얄미웠다. 하지만 내가 옆에 나란히 앉자 빨간 그릇이 갑자기 튀어 나와 여자의 하얀 손에 쥐어져 있었고 나에게 "맛있게 드세요"라고 말했다.

조금 마음이 진정되고 나서 다시 여자의 얼굴을 보니 이전과는 전혀 달라져있었다. 지금까지 목수나 미장이 부인일 것이라고 짐작했을 정도로 어딘가 품위가 없었는데, 어느 틈엔가 기품 있고 순수하며 깊이가 있는, 청신한 향기가 흐르는 여성이 되어 있었다. 그리고 말을 할 때마다 이슬을 머금은 흑수정 같은 눈동자가 긴 눈썹 밑에서 총명하게 움직였고, 영리함과 순종의 미를 동시에 머금은 입술이 신선한 자연미 그 자체인 주홍빛으로 미소 지을 때, 부풀어 오른 통통한 볼에는 따뜻하고 부드러운 곡선이 감돌았다. 선녀가 아닐까 하는 생각이 들었다. 그게 아니라면 그렇게 추했던 여자가 이렇게 갑자기 아름다워질 리가 없다. 게다가 그녀의 아름다움은 한두 가지 종류가 아니었다. 아무리 아름답다는 여자라도 열 살을 넘고 열일고여덟 살 이상이 되면 소위 사람 냄새가 나고 천박한 기교도 생기며 어딘가 탁한 분위기에 속된 느낌인데, 이 여자에게는 그런 점을 찾아볼 수가 없었다. 아름다움 그 자체로, 뭐라고 형언할 수 없는 운치가 있다. 나는 그저 취해있었다.

"당신, 우리 집에 오실래요?" 여자는 내 얼굴을 보면서 말했다. 그 목소리의 맑고 고아함에 나는 가슴속에서 새벽이 열리는 것을 느꼈다. 계곡의 맑은 물에 흰 백합을 띠운 것처럼 깨끗하고, 작은 새처럼 부드럽다. "……." 나는 가만히 있었다. 거기에는 두 가지의 이유가 있었다. 그 첫 번째는 말하는 게 어리석다고 생각했기 때문이다. 비유하자면 인간은 동물인가 식물인가 라는 질문에 "동물이다!"라고 진지한 얼굴로 말하는 것 같은 어리석음을 느꼈기 때문이었다. 두 번째 이유는 숭상하는 신불 앞에서는 더러운 몸으로는 주저하며 앞으로 나아가기 어려운 것과 같은 두려움이었다. 입에서 나오는 내 입김에서 냄새가 나지는 않을까? 말을 할 때마다 입을 여는 내 표정이 바보처럼 보이지는 않을까 등을 걱정했던 것이다.

"응?" 여자는 다시 물었다. 나는 마음을 굳게 먹고 목소리는 작지만 힘을 주어 세차게 "가겠습니다."라고 대답했다. "그래요, 좋아." 몸이 가늘어져 보일 만큼 여자는 온몸으로 기뻐하며 "나는 당신을 맘껏 예뻐해 주고 싶어요."라고 덧붙였다. "어디에 사시나요?" 이번에는 내가 물었다. 그러자 "렌페초(練浜町)*에 시장이 있잖아요. 그 모퉁이에요."라고 말했다. "……." 그 대답이 너무나 의외였기 때문에 나는 잠시 말문이 막혔다. 그러나 마음속으로는 '그런 곳에? 이렇게 아름다운 여자가? 도대체 왜? 평판에도 좋지 않을 텐데'라고 경이와 의문을 품으며 생각했다. 여자는 또 "아이가 아홉 명 있는 걸요! 모두 꾀죄죄한 아이들에다 싸구려 김 같은 너덜너덜한 옷을 입고 있지요! 시오센베 가게 같다니까요! 그리고 남편은 일용직이죠. 참 좋겠죠?"라며 흰 손을 내 무릎 위에 올리고 길고 검은 속눈썹 속의 방울 같은 눈동자로 내 얼굴을 올려다보았다. 나는 대답은 하지 않고 여자의 투명하도록 아름다운 다섯 손가락을 바라보았다.

갑자기 전차 길에서 시끄러운 목소리가 들렸다. 나는 튕겨나가듯이 문 밖으로 뛰어나갔다. 뭔가 사건이 일어났다는 것을 직관했기 때문이다. 그곳에는 흰 옷을 입은 조선인들과 검은 옷을 입은 내지인이 이삼십 명이나 서서 일제히 한강 쪽을 보고 있었다. 그도 그럴 것이, 살인귀라고 할 수 있을 만큼 어둡고 강하며 무서운 느낌의 사람이 대여섯 명의 가련한 아이들을 마구 뒤쫓고 있었다. 아이들은 목졸림을 당하는 듯이 울먹이며 부산하게 도망쳤는데 어느 틈엔가 그 살인귀는 아이들의 등짝을 힘껏 걷어찬 듯했다. 아이들은 개구리를 던지듯 땅바닥으로 내동댕이쳐졌다. 몸이 쭈뼛 서는 듯한 비명이 들렸다. 청년은 좀처럼 난동을 멈추지 않았다.

차고, 밟고, 때리고, 지상에 있는 모든 잔혹함이 그곳에 다 있는

---

* 練兵町로 보임. 원문에는 練浜町.

듯했다. 아이들은 "억", "꺄아!", "헉", "윽" 등, 피를 쥐어짜는 듯이 비참하게 절규하고 있었다. 나는 순간적으로 흥분하여 그쪽으로 달려가면서 소리를 지르려 했으나, 어찌된 일인지 목까지 차올라온 목소리가 입 밖으로 나오지 않았다. 그 순간 건너편에서 화려하게 차려입은 사람들을 가득 태운 전차가 소리를 내며 질주해왔다. 하지만 차 안의 신사숙녀는 이 비참한 사건에는 관심도 없다는 듯 지나쳐갔다. 이와 동시에 살인귀 무리 중의 한 명이 내 옆에서 맹렬한 기세로 나를 노려보고 있었다. 나는 긴장했다. 무조건 한 대 쳐서 죽여 버리겠다는 기세였기 때문이다. 물론 살인귀라고 할 만한 인간이니 어떤 모습을 하고 있더라도 이상할 것은 없지만, 속옷 바지 한 장 차림에 왼팔에는 흰 천을 둘둘 감고 나머지를 왼쪽 어깨에서 오른쪽 겨드랑이 아래로 내려서 묶고 있었다. 이런 수상한 자가 언제 어디서 튀어나왔는지 도저히 알 수 없었다. 나는 선녀처럼 아름다운 여자 따위는 까마득한 옛날 일처럼 잊어버리고 있었다.

살인귀는 "이쪽으로 와."라고 위협하듯 말했다. 오른쪽으로 삼십 미터 정도 가자 사람들이 모여 있었는데 아까 왼팔에 흰 천을 두른 살인귀가 군중 속에서 한 명 나오고, 세 명이 보이는가 했더니 어느 틈엔가 여덟아홉 명이 나를 둘러싸고 노려보고 있었다. 나는 이제 죽었다고 생각했다. 그러나 그것은 불길하기는 했지만 무섭지는 않았다. 나는 바로 앞에 보이는 파출소로 다가가 문도 없는 입구에서 안쪽을 들여다보았다. 그리고는 깜짝 놀랐다. 다다미 여덟 장 정도의 콘크리트 바닥 가득 나무 판으로 된 형틀에 걸린 남녀노소가 삼사십 명이나 있었기 때문이다. 하얀 널빤지 위에 십오 센티 정도의 간격으로 목만 움직이고 있었다. 열여덟, 아홉 살 정도의 젊은 여자, 두세 살 아기, 노파, 청년, 신사, 기술자 등 갖가지 사람들이 있었다. 나는 먼저 불쌍하다고 생각하기 전에 인류의 수치이자 모독이라는 느낌을 받았다. 그리고 문득 생각했다. '아아, 이건 사형을 선고받은 이들이구나. 저렇게 널빤지에 끼워서 칼을 휘둘러 옆으로 쓸어내면 칼이 판자 위를 스치면서 목이 데굴데굴 굴러 떨어지겠지.' 다시 깨달은 점은 그 사람들이 전혀 슬퍼하고 있지 않다는 것이었다. 깔깔 웃고 있었다. 아이들도 천진난만하게 웃고 있었는데 그 가련한 두세 살짜리 어린아이들을 왜 이런 식으로 죽여야 하는 것일까. 이런 생각을 하고 있는데 갑자기 눈이 어질어질해지더니, 그 주변 일대가 넓은 저수지로 변해 붉은 석양이 수면에 반짝이고 있었다. 형틀에 걸려있던 사람들의 얼굴은 크고 작은 아름다운 수련이 되었다.

나는 지금 눈앞에 펼쳐진 고아하고 화사한 경치의 황홀함에 넋을 잃고 있었다. 바로 그때, 엄청난 화재가 일어난 것이다.

"큰일났다, 큰일났어." 누군가가 말했다.

"어디서 불이 난 거지?" 나는 물었다. 들판 가운데 저수지 둑에 서 있었다고 생각한 나는 경성 시가의 본 적 없는 길거리에 서있었다.

"경성역에서 모토마치(元町)*까지 불바다야." 누군가 이렇게 말했

---

* 元町. 현 용산.

다. 그리고 "어디긴 어디야, 이 멍청한 놈. 너희 집 따위는 이미 옛날에 없어진 것도 모르고."라며 고함을 질렀다.

나는 가슴이 쫄아드는 듯했다. 머리가 갑자기 차가워지고 입은 떫은 감이라도 먹었을 때처럼 당겨지는 것을 느꼈다.

경성 어딘가의 길거리에 서있을 내가 이상하게도 도쿄 혼고(本鄕) 삼 초메에서 우에노(上野) 쪽으로 달리고 있었다. 우에노 숲이 하늘을 향해 솟아 있었고 커다란 붉은 '불 화'자가 별이 빛나는 하늘 일대에 휘날리고 있었다. 불 화자는 맹렬하게 날고 있지만 하늘은 조금도 타고 있지 않았다. 나는, 대화재가 일어난 밤에 어느 무사가 요시와라(吉原)*에 있는 사랑하는 여자를 만나기 위해 가마를 타고 요시와라 둑을 급히 달려가는 오카모토 기도(岡本綺堂)의 소설을 떠올리고 나니 눈앞의 화재가 한 층 더 장관으로 느껴졌다.―그러나 오카모토 기도가 이런 장면을 그린 소설이 있는지 아닌지는 잘 모른다. 단지 그렇게 생각되었을 뿐이다.―내가 숨을 헐떡이며 집과 산 사이로 난 좁은 돌길을 서둘러 가고 있을 때, 바로 사오 미터 앞에 친구 B가 달려가고 있었다. B가 오른손에 구두를 들고 있길래 문득 내 발을 쳐다보니 나는 맨발로 달리고 있었다. "큰일이네. 이제 곧 걷기 불편한, 화재가 난 곳으로 갈 텐데 맨발로는 갈 수 없겠어." 나는 이렇게 혼잣말을 했다. 그러자 앞에 달리고 있던 B가 무슨 생각이 들어서인지, 풀로 엮은 짚신으로는 위험하다고 생

---

* 吉原. 에도의 유곽 지역.

각했는지, 아무 말 없이 구두로 갈아 신고 짚신을 어느 집 처마 밑에 세워두고는 다시 달리기 시작했다. 자네가 이걸 신게, 라고도 아무 말도 해주지 않았다. 평소와 달리 태도가 매우 차가웠다. 그래도 나는 좋은 걸 벗어주었다고 생각하면서 바로 B가 벗어버린 짚신을 신었다. 신을 때 허리를 굽혀 자세히 보니 뒤꿈치가 없는, 흙 묻은 짚신이었다. 게다가 크기도 좌우 짝짝이였다.

그 길을 계속 따라가자 묘한 곳이 나왔다. 그곳에는 도쿄의 주택에 대부분 있는 조명등 같은 유리판이 끼워져 있었고 거기서 바로 앞쪽으로 어둠 속에 폭 십오 센티 정도의 철사다리가 걸려있었다. 주위가 어땠는지는 전혀 알 수 없었다. 어쨌든 여기로 내려가야 했다. 앞서 달리던 B는 아주 가볍고 능숙하게 마치 쥐처럼 몸을 튕겨 그곳에서 내려가 버렸다. 어떻게 내려갔는지 그 동작이 너무나도 기민해서 알 수가 없었다. 유리판 위에 그저 잠시 올라가 있었던 것 같을 뿐이다. B가 내려가자 유리판은 닫혀버렸다. 나는 그것을 여는 방법조차 몰랐다. 당혹스러웠다. 그리고 B의 심술과 냉혹함을 다시 느꼈다. 그것은 모든 인간의 본성이라고 느껴졌다. 어쨌든 B는 아래로 내려갔다. 나도 빨리 내려가야 한다. 엉덩이에 불이 붙은 것처럼 마음이 급해졌다. 이렇게 안절부절 하는 사이 나는 그 유리문 위로 올라가 있었다. 올라가니 그 문짝은 육십 센티 정도 저편으로 열려 아래로 휙 돌아가려 하고 있었다. '아, 큰일이다.'라고 생각했을 때, 식은땀이 나는 것 같았다. 내 몸의 중량으로 열리는 것이었다. 정말 곤란해졌다. 저 철사다리에 어떻게 다리를 걸

수 있을까? 백오십 센티 정도는 떨어져 있는 저 사다리에! 곡예사 같은 흉내를 내야했다. 아래쪽은 깊다. 떨어지면 분명히 죽을 것이다. 지금 나는 절체절명의 위기에 처했다. 그러므로 무언가를 간절하게 붙들어야 했다.

문득 정신을 차리고 보니 그 바로 아래가 역의 플랫폼이었고, 그때 막 기차가 도착한 것 같았다. 승객들의 목소리가 끊임없이 들려왔다. 꼭 저 기차에 타야 하는데, 나는 이렇게 다람쥐가 나뭇가지에 매달린 듯한 꼴로 있었다. 이 국면은 도저히 전환시킬 수 없을 것 같았다. 정말 제정신이 아니었다. 그래서 어떻게 내려왔는지 도 모르게 홈에 겨우 내려왔을 때에는 기차가 조용히 움직이기 시작하고 있었다. 물론 나는 황급히 승강구로 뛰어올랐다. 아니, 매달렸다. 승강장의 기둥은 부서지고 널빤지 조각은 흩어져 있는 등, 화재가 난 곳 근처의 역은 참담한 상황이었다. 주위는 구경꾼들로 가득했고 나는 비로소 화재가 난 것을 실감했다.

기차는 우에노역에서 탔다고 생각했는데 금방 경성역에 도착했다. 나는 누구보다도 빨리 뛰어나갔다. 풍선을 사고 있는 젊은 미남의 앞을 지나쳐 달려가니, 역 앞에는 고색창연한 소나무와 삼나무가 당당하게 서있고, 푸른 풀이 자라난 언덕이 여기저기에 있었다. 갑옷을 입은 무사가 불꽃을 튀기며 맹렬히 싸우고 있었다. 모두 화려하게 장식한 젊은 무사들이었다. 건너편 소나무 숲 속에서 두세 팀이 겨루고 있었다. 그 오른쪽으로 창을 들어 올리고 달리는 무사. "이 야, 통쾌하다." 그 장면을 보고 나는 기뻐했다. 창을 들어 올린 무사는 기세를 올려 역 쪽으로 달려왔다. 가는 방향을 보니 경성역사 벽을 쿵 돌파하고 상반신을 드러낸 무사가 보였다. 이를 한 번에 찌르려고 창을 들고 있던 무사가 그 창을 움직이기 시작하자 벽 쪽의 무사는 느닷없이 몸을 벽으로 다시 집어넣으려고 애썼는데 갑옷이 걸리적거리는 듯 몸이 좀처럼 빠지지 않는다. 철조망에서 목을 뺀 닭이 목을 집어넣으려고 하면 날개가 거꾸로 일어서서 좀처럼 다시 집어넣기 힘든 것과 같은 이치다. 창을 든 무사는 드디어 가까이 다가갔다. 벽 쪽의 무사는 몸부림을 치고 괴로워하며 눈을 희번덕거렸다. "통쾌하다." 나는 이렇게 외쳤다.

창을 든 무사가 창을 다시 쥐고서 힘주어 한 방 찌르려는 찰나에 정말 위기일발, 간발의 차이로 벽 쪽의 무사는 힘껏 몸을 뺀 것 같았다. 하지만 벽 바깥으로 머리만이 맥없이 굴러 떨어졌다. 그것을 보고 나는 "아하하하"하고 크게 웃었다. 그리고 "이건 어느 영화 회사의 촬영이군. 지금 같은 장면은 정말 박진감 있고 재미있네."라고 평가했다.

나는 처음 보는 쓸쓸한 들판의 길가를 일직선으로 달리고 있었다. 우리 집은 지금 한창 불타고 있을 것이다. 불이다. 아내와 아이들은 어떻게 되었을까?

1914년* 5월 24일

---

* 원문에는 3년. 다른 연월일 표기가 다이쇼를 나타낸 것으로 보아 다이쇼 3년인 1914년을 지칭하는 것으로 보인다.

조선의 '지게'와 도카이도의 '구모스케'

조선에서는 대개의 역이나 시가에 지게라는 것이 있다. 지게란 두 갈래로 갈라진 나무를 막대기 두 개와 결합시켜서 그 두 갈래 나무 위에 물건을 실어 등에 지도록 되어있는, 말하자면 운반도구의 이름이다. 그것이 어느 틈엔가 사람들의 짐을 운반하는 인부의 대명사처럼 되어 버렸다. 물론 이는 주로 내지인들 사이에서 사용된 말로, 조선인들은 '지게꾼'이라고 부른다고 한다. 도쿠가와 시대에 역참(驛站, 원문은 宿場)을 중심으로 각 도로에 있던 인부들을 구모스케(雲助)라고 부른 것과 마찬가지이다.

그들은 일정한 숙소도 없이 두 다리에 의지하여 긴 길을 뜬구름처럼 떠돌며 일생을 보낸다는 점에서 '구모스케'라고 불리게 되었다고 한다. 서는 곳마다 근거지를 만들어 왕래하는 나그네에게 가마를 권하는 모습은 바로 거미가 거미줄을 치고 곤충이 걸리기를 기다리는 것과 비슷하여 구모스케라고 불리게 된 것이라고도 한다.* 어쨌든 당시에 말은 하코네(箱根)까지 가면 돌아오지만 인편은 산을 넘어 미시마(三島)까지 가는 것이 일반적이었다. 또 시나가와(品川)에서 교

---

* 거미(蜘蛛)와 구름(雲)의 발음이 모두 '구모(くも)'인 것에 착안한 표현.

토(京都)까지 오십삼 역참을 왕래하는 이도 있었다. 이 구모스케의 역할을 조선의 '지게'는 역이나 길거리에서 하는 것이다.

구모스케라는 것이 생겨난 것은 도쿠가와 시대가 된 이후인데, 이전에도 인부는 있었겠지만 구모스케라는 이름은 없었다. 도쿠가와 시대에 교통이 활발해지면서 점차 발달했는데 '지게'가 생겨나서 발달한 것은 이조시대의 역정(驛政)과 동시에 이루어졌다. 조선 철도의 부설 이후에 점차 일이 많아졌다. 요즘은 '지게 우두머리' 격인 사람도 있다. 예를 들면 부산이나 군산, 함흥 등의 화물이 많은 역의 경우에는 일본어를 조금이라도 할 줄 아는 자가 이에 해당되며, 통역을 하거나 임금의 흥정을 한다. 하지만 '팀', '구역', '전체' 등과 같이 일종의 공고한 사회적 세력집단이 되어있는 것은 아니다. 각 개인의 이익에 따를 뿐으로 영속성이라든가 두목과 부하 간의 의리, 인정이나 도덕적 연대는 없다. 물론 '지게'가 역에서 매일 일하지만 역의 지휘나 간섭을 받으며 생활하는 것은 아니다. 간단히 말하면 내지에서 길에 서 있다가 마차가 오면 밀어주고 돈을 받거나 일거리를 기다리는 '다친보(たちんぼ)'에 가까우며, 이점은 도카이도의 구모스케와는 다르다. 도쿠가와 시대의 구모스케와 비슷한 것은 오늘날의 '지게'보다는 이전의 조선의 역참에 인하던 인부들이다. 전반적으로 반도의 육상 운송은 매우 초보적인 단계로, 이조시대가 되면서 비로소 역참제를 설치하고 역마, 역부를 두었다. 또한 좁은 길이나 험한 지형에서 마차 등이 사용될 수 없는 곳에는 인력으로 운송을 했다. 드물게는 여성 인부도 있었다고 하는데 당

시 보통 남자의 운반량은 여덟 관에서 열두세 관 정도까지였다. 도쿠가와 시대의 구모스케는 이 인부에 해당되는데 오늘날의 '지게'와는 그 성질이 다르다. 도쿠가와 시대의 구모스케와 역의 관계가 어땠는지를 말하기 전에 먼저 도쿠가와 시대의 역제 이야기를 간단히 서술해야 할 것이다.

〈그림〉 조선의 지게꾼

오늘날은 도쿄에서 교토까지 불과 열한두 시간이면 갈 수 있지만, 옛날에는 그렇게 쉬운 일이 아니었다. 게다가 도둑이나 공갈협박범, 소매치기 등이 활개를 치고 있어서 옛날 사람도 여행에는 상당히 골머리를 앓았다. 그래서 '여행에는 동무가 있어야 한다'는 것이다. '귀여운 아이에게는 여행을 시켜라', '여행은 괴로운 것, 쓰린 것'이라는 속담이 생겨난 것이다.

중앙집권제 등을 골자로 했던 7세기의 다이카(大化) 개혁 때부터 역법이라는 것이 제정되었는데 사실 그대로 실행되었는지의 여부는 별개로 하면, 형태는 이미 완비되었다고 할 수 있다. 646년 정월에는 각 지역마다 역마, 전마(傳馬)를 두었다. 율령제에서는 수상과 육지 두 가지로 나누었는데, 육지에는 삼십 리마다 한 역을 두고, 이를 대·중·소 세 등급으로 나누었다. 시작이니 말해두지만, 역마는 급한 일이 있을 때 사용하고, 전마는 여유가 있을 때 사용했다고 한다. 또 수상 역에는 네 척 이하 두 척 이상의 배를 두었고, 혹시 수륙을 겸하는 곳에는 배와 말을 두며, 역에는 역장, 역에서 일하는 구실아치인 역자(驛子), 전자(傳子) 등의 직원을 두어 사무 관리를 담당시켰다. 하지만 이는 관청의 역전에 사용한 것으로 일반 인민은 그 은혜를 입을 수는 없었다.

그 이후로 여러 번의 변천이 있었다. 예를 들면 800년에는 공문서를 내려 보내 역사의 파손을 수리하게 하였고, 806년에는 새로운 도로를 만드는 관청을 설치하여 역로의 업무를 관할하게 했다. 그 후 국가의 재정난에 따라 이 제도는 쇠퇴했지만, 미나모토노 요리토모(源賴朝)가 가마쿠라(鎌倉)에 막부를 열면서 먼저 역로에 관한 법을 정비했다. 이때 새로운 역을 늘리고 역의 인부 숫자를 정했다. 1195년 정월에 승려 신엔(眞圓)이 교토로 올라올 때, 미우라 요시즈미에게 역로의 봉공을 시키는 등 역정에 힘을 쏟았다.

전란기가 된 이후에는 역정이 쇠퇴하고 이에 따라 군도들이 일어나, 수역 육역 모두 관리가 되지 못하였다. 부질없이 여우나 너구리 등의 집이 되기도 했으나 노부나카, 히데요시를 거치고 소위 에도시대가 되어 세상이 태평해지자 비로소 역로법도 발흥하고 융성하게 된 것이다.

도쿠가와 이에야스는 히코사카 모토마사(彦坂元正) 등에게 명하여 도카이도를 순시시키고 각 역의 전마 숫자를 정했다. 그리고 도카이도, 나카센도(中仙道), 오슈카이도(奧州街道) 등에 각각의 필요에 따라 역마, 전마에 관한 명령을 내리는 등 크게 힘썼다. 1196년 6월에는 역법을 변경하여 역전에 화물을 쌓아두는 것을 금지하고 '따라서 도착하면 순서대로 보내야 한다'는 명령을 발표했다. 그리고 역마를 사용하는 짐의 기준을 정해서 사용 비용도 정했다. 그리고 역로에 대해서는 모두 나라야 이치에몽(奈良屋市右衛門), 다루야 산시로(樽屋三四郎)가 담당하여, 이 두 사람이 발행하는 문서로 전마를 사용할 수 있게 되어있었다. 또한 1659년에는 다섯 가도(街道)의 통행을 관할하는 관청이 설치되었다. 옛날에는 역장 혹은 역자, 역부가 있었으나 에도 시대에는 각 역에 돈야바(問屋場)라는 것이 설치되어, 이것이 역전의 중심으로 모든 권력을 쥐었다.

이곳에 어떤 관리가 근무하는가 하면 오다와라(小田原)의 돈야바의 경우 당시 다카시바초(高柴町)와 나카주쿠초(中宿町) 두 곳이 있었는데, 관리들로는 초도시요리(町年寄り) 세 명, 돈야(問屋) 두 명, 닌소쿠기모이리(人足肝いり) 두 명, 돈야다이(問屋代) 한 명, 닌소쿠기모이리다이(人足肝いり代) 한 명, 초쓰키(帳附) 두 명, 닌속쿠테다이(人足手代) 두 명, 닌소쿠우마(人足馬日締役) 관리역 두 명, 우마사시(馬指) 여섯 명, 초멘야쿠(帳面役), 동견습(同見習ひ), 전마(傳馬)쪽 일꾼 네 명, 닌소쿠 쪽 식모 열한 명 등의 대인원이다. 그리고 그 밑에 닌소쿠가 있다. 이것이 후세에 구모스케라고 불리게 된 것이다.

세상이 평안해지면서 풍속이 사치스럽게 흘러오면서 화물이나 인마의 왕래도 빈번해졌을 뿐 아니라 다이묘 등이 마구 행세를 하여 몇 월 며칠에 어디에 갈 테니 몇 개월 전부터 인마를 내놓으라고 말한다. 따라서 역에서는 매년 인마수를 증가시켜야 했다. 그 인마의 보충을 하기 위해 스케고(助鄕)제도를 설치했다.

스케고란 역의 상비 인마가 부족할 때 임시로 연도 좌우의 근린촌에 인마를 부과하던 것이 발달한 것으로 그 근린촌을 일컫는 말이다. 그런데 시일이 경과함에 따라 폐해가 생겼다. 조선에서도 역제가 설치되어 몇 년 지나면서 역전(驛田)은 단지 역 관원의 배를 불리는 것에 불과했고 소정의 역마수에는 언제나 도달할 수가 없었다. 필요에 따라 민간의 말을 징발한 기록이 고서에 보이는데 점차 스케고의 인마가 혹사되었다. 심하게 무거운 화물을 싣거나 아침 일찍부터 불러내어 하루 종일 방치하는 등의 일들이 종종 있었다. 게다가 농가의 경우에 가장 바쁜 농번기에도 상관없이 이런 일이 있었기 때문에 스케고의 사람들도 참을 수 없게 되었다. 하지만 말을 하기도 어려워서 자연히 불평과 원망의 소리가 마을 내에 가득했다. 그 때문에 자연히 스케고는 쇠퇴의 일로를 걷게 되었다. 도로를 관할하는 관리*는 이에 골머리를 앓다가 겨우 생각해낸 것이 집 없는 무뢰한들을 많이 포섭해두고 스케고 대신 사용하는 것이었다. 이것이 후세의 구모스케였다. 이 점이 오늘날의 '지게'와 구모스케의 다른 점이자, 이조시대 역참 인부와 비슷한 점이다.

그래서 구모스케는 어디든지 있었는데 특히 도카이도의 구모스케는 다른 곳에 비해 힘이 세고 기량이 뛰어나며 노래도 잘하고 짐도 잘 꾸렸다. 일찍이 구로이타(黑板) 박사는 다이묘를 흉내 내어 구모스케에게 가마를 지게 해서 하코네를 지나간 적이 있다고 하는데 그때 이야기가 『역사와 지리(歷史と地理)』라는 잡지에 게재되어 있다. 호시나 고이치(保科孝一) 씨의 실업학교 국어 교과서에도 나와 있는데 지금 그 글에서 구모스케의 생활 풍습에 관한 내용을 인용하면 다음과 같다.

'구모스케의 모습에 대해 조금 말하자면, 옛날에는 산길에 발을 디디면 바로 구리카라몬** 문신에 얇은 띠만을 두른 벌거벗은 상태였다. 나체일 때와 바지를 입었을 때 구분 없이 가마를 매는 경우에는 반드시 띠의 끝을 늘어뜨렸다고 한다. 왜냐하면 구모스케들은

---

  * 도추부교(道中奉行).
** 구리카라용왕(俱利迦羅龍王)을 새긴 문신.

인간 사회에서 제외된 사람들처럼 경시되어 그들 자신도 또 그 멸시를 감수한 것이다. 가마의 앞쪽 막대기를 메는 자는 스스로 말이 되었다는 뜻으로, 꼬리처럼 띠를 늘어뜨린 것이다. 이렇게 해두면 예를 들어 고귀한 손님을 태운 경우에 잘못해서 엉덩이 부근에서 이상한 소리를 내더라도 동물이니 그렇다고 하며 혼이 나지 않을 수 있었다. 그런 식으로 띠를 늘어뜨리고 있다가 가마에서 나올 때에 얼굴을 보이는 것은 예의가 없다고 하여 일부러 엉덩이를 내밀고 있었다. 또 속도를 올리려 할 때는 뒤에 선 자가 말을 채찍질하듯이 쉿, 쉿 하면서 소리를 질렀다고 한다.'

이상으로 구모스케의 사회적 지위나 풍습에 대해서는 자세한 설명이 되었을 것이다. 조선의 '지게'에는 물론 집 없는 무뢰한도 있었겠지만 스스로 말처럼 행동하지는 않았다. 또한 사회도 그들을 동물처럼 무시하지는 않으며 옛날이라고 해도 그런 일은 없었을 것이다. 그리고 '귀신처럼 거친 자가 무서운 형상으로 기분 나쁜 웃음을 띠며 술값을 달라며 가마를 들여다보는 모습이 눈에 선하다. 인적이 드문 깊은 산이면 도움을 청할 수도 없다. 좋아도 싫어도 지갑을 탈탈 털어야 한다. 그런 상상을 하면 연극을 보는 듯이 곤란해하는 나그네나 협박을 당하는 몸이 약한 아름다운 사람이 눈에 선하게 보이는 듯하다. 하지만 구모스케라는 무리는 상대방을 위협하는 듯한 말투가 일상다반사였다. 천하에 금지된 도박을 암묵적으로 허가받은 이들이므로 협박 정도는 나쁜 일이라고 생각하지도 않았다. 아니, 도둑도 변명을 할 수도 있다는 말이 있듯이 그들은 그들 나름대로의 이유가 있었다. 그것은 이러한 논리이다.

하코네는 천하의 관문이다. 아무리 위압적이거나 시끄러운 자라도 몸에 약점이 없는 이라면 당당히 지날 수 있다. 거기서 주눅이 들거나 혹은 겁에 질린 듯 급하게 지나간다면 분명 뒤에 켕기는 구석이 있는 자임에 틀림없다. 그런 것을 알면서 가만히 통과시켜서는 구모스케의 굴욕이다. 그런 자를 태웠을 때에는 반드시 세금을 징수해야 한다는 식으로 그들은 협박을 해서 뜯어낸 돈을 산의 축복이라고 했다.

하지만 점점 들어보니 연극에서 보는 것만큼 무서운 것은 아니었던 듯하다. 협박이라고 하면 무섭게 들리지만 그 돈은 많아야 이부 정도까지였다. 그 증거로는 그들 특유의 은어를 듣고 알 수 있다. 구모스케 동료들 중에는 이 부 이상의 암호가 없었다.'

구로이타 박사는 이상과 같은 이야기를 서술했다.

이것으로 하코네의 구모스케들의 자부심이나 인생관, 협박하는 모습, 일상적인 취미는 단지 술과 도박뿐이었다는 것을 엿볼 수 있다. 천하의 금지 사항인 도박을 암묵적으로 허가한 점이나 뒤가 켕기는 일이 있는 사람을 묵과하고 통과시키는 것은 구모스케의 굴욕이라는 점에서 추측하면 하코네의 구모스케가 상당히 위세를 떨친 것을 알 수 있다. 구모스케는 구모스케 만의 견식을 갖고 있었다. 그런데 조선의 '지게'에게 이런 견식이나 독기, 기개는 없었다.

당시 하코네 관문은 막부의 중대 관문 중의 하나로, 일정의 통금 시간에는 통행을 허가하지 않았는데 막부 말기에 다소 법률이 느슨해진 후에는 구모스케의 규율도 느슨해졌다. 급하게 밤낮 구분 없이 에도를 떠난 가마는 이 관문을 저녁 여섯 시의 통행금지 시간까지 통과 못하면 오이카와 강(大井川)도 건너지 못하게 되었다. 그럴 때 구모스케에게 충분한 돈을 주면 구모스케 한 명은 가마의 문 한 장을 떼어내 그것을 갖고 관문을 뛰어가서 문의 내외를 왔다 갔다 하고 있으면 통행금지가 되어도 관문의 관리는 폐문을 할 수 없었다. 그러고 있는 사이에 가마가 도착하면 통과를 할 수 있었다.

하코네의 구모스케는 노래를 잘 불렀다고 한다. 산 벚꽃이 흩날리는 봄의 긴 낮, 가마에 매달려서 '하코네 팔 리 길은 말 타고도 가지만 건너가지 못하는 오이가와 강'이나 '맨몸으로 못가니 옷을 입고 가시게 사립문 오두막에 멍석이 있네', '후지산의 하얀 눈은 아침 해에 녹아 미시마 유녀들의 화장수 되네' 등을 읊는 구모스케들의 낭랑한 목소리는 아름다운 여행의 정취 속에 그 영혼을 드러냈을 것이다. 조선의 역제나 각 역참의 상황, 세태와 풍속 등을 더 깊이 연구하여 내지와 비교해보는 것도 흥미로울 것이라고 생각한다. 후일에 기회가 있다면 나는 이런 연구를 해보고 싶다.

북한산 애사

나는 북한산에 지금까지 세 번 올랐다. 한 번은 조선에 온 해의 가을, 학생 두세 명에게 안내를 받아 경복궁 담장을 돌아 우이동으로 내려왔다. 두 번째는 다음 해의 2월, 육백 명의 학생과 눈 덮인 북한산을 통과했다. 그리고 올해 봄, 다시 그 유곡에 벗나무를 찾아갔다.

경성 시가를 수호하듯이 하늘 높이 우뚝 머리를 세우고 있는 것이 북한산이다.

아침에 일어나면 군청색 하늘에 그 모습이 뚜렷이 나타나고, 범접할 수 없이 높은 봉우리의 암각에 아침 햇살이 빛나고 있다. 그 장엄한 신성한 빛을 접한 이는 누구나 오늘이 있음을 감사하게 생각할 수밖에 없다. 가능한 한 잘못되는 일이 없는 하루를 보낼 수 있기를 기도할 수밖에 없다!

언젠가 주위에 저녁놀이 지고 백룡의 비늘처럼 이어진 구름의 테두리가 금빛이 되고, 까마귀 두 마리, 세 마리가 집을 그리워하며 서둘러 돌아갈 무렵이 되자, 감색으로 어두워져 오는 봉우리의 암각에 붉은 석양이 빛났다. 일 분, 이 분, 삼 분. 시간이 지남에 따라 빛이 점점 가늘어지면 나의 영혼이 비단실에 연결된 채 잡아당

겨지기라도 하는 것처럼 안타까워진다. 그리고 바늘 같은 빛이 소리 없이 사라졌을 때 주위는 조용하고 숙연한 부처의 세계가 된다.

겨울이 되면 한 발 빠르게 북한산 봉우리에 눈이 내렸다. 저녁에 추운 바람이 분 다음 날 아침이면 분명 봉우리에 하얀 눈이 쌓인 채 몸을 에는 듯한 만주에서 불어오는 바람이 몰아치고 있을 것이다. 갑자기 눈보라라도 치면 그야말로 강철 같은 바위산의 장엄한 아름다움은 극치에 달한다. 바람의 상태에 따라서 진하거나 옅거나 흐리거나 짙어지는 그 사이사이에 구불구불한 봉우리를 넘어 골짜기를 건너는 성벽이 희미하게 보였다 안보였다 하는데 마치 절벽을 향해 포효하는 맹호를 연상시킨다.

이런 광경을 본 사람들은 누구나 일종의 직선적인 뼈대가 노출된, 태곳적 모습 그대로의 북한산 곳곳에 '산길에 오니 모두가 그윽하네 제비꽃 풀도' 같은 구절을 연상시키는 연약한 시취가 점재하고 있다는 것을 알게 될 것이다. 이백이나 두보, 왕위가 즐겨 사용한 시의 소재가 여러 곳에 산재해 있다는 것을 누구나 눈치챌 것이다! 그리고 한 발 더 나아가 비개나 달콤한 사랑이 골짜기에 있는 바위에 숨겨져 있다는 것은 그 누가 눈치챌 것인가.

창의문(彰義門)을 들어가 오륙백 미터쯤 가면 낡은 육각당을 볼 수 있다. 이것이 유명한 세검정(洗劍亭)이다.

〈그림〉 세검정

　기둥과 처마는 중국풍으로 청홍으로 진하게 칠해져 있는데 오랜 세월의 비바람을 맞아 인간미는 사라지고 어딘가 쓸쓸하다. 그리고 커다란 천연석이 데굴데굴 굴러다니는 골짜기의 풍취는 남화에 있는 광경 같다. 그러나 이곳에 얽힌 역사를 떠올려 보면 슬프게 고개가 숙여졌다.

그것은 삼백여 년 옛날이다. 가토 기요마사나 고니시 유키나리에게 쫓겨 가슴 아프게도 후궁들의 손을 이끌고 달빛 아래 경복궁을 나와 개성에서 평양으로 눈물의 길을 떠난 선조의 둘째 아들 광해는 왕위를 생각하여, 대비를 유폐하고 몰래 능양군*을 죽이려고 생각했다. 능양군 쪽에서는 광해군의 폭정에 분노하여 사직을 위험하게 하는 것을 탄식하고 염려하며 두셋씩 사람을 피해 파주에서 만나 비밀리에 회의를 거듭했다. 이때 재빨리 흉변을 탐문하여 광해군에게 급고한 충신이 있었는데 광해군은 능양군 같은 자는 우습게 여겼을뿐더러 후궁들과 밤낮으로 연회를 하는데에 빠져있었다.

그날 밤 능양군은 스스로 수하를 이끌고 지금의 세검정까지 와서 굴러다니던 돌에 웅크리고 앉아 돌의 모서리에 칼을 갈았다. 그리고 칼날을 달빛에 비추어 보고 미소를 띠었다. 일동은 달그림자가 산산이 부서지는 골짜기의 맑은 물로 목을 적시고 일거 창의문을 돌파하여 경복궁으로 침입했다. 낌새를 채고 허둥지둥 겨우 도망친 광해군의 측근들은 나무 틈에 생쥐처럼 몸을 숨기고 수많은 미녀들의 비명을 들었다. 모란 꽃잎이 떨어지듯이, 어둠 속으로 도망치며 당황하는 후궁들의 모습을 보고 겁을 먹었다. 결국 능양군은 이렇게 공을 세우고 즉위하였고 그 기념으로 세운 것이 이 세검정이다.

세검정을 나와 조금 올라가자 길의 양옆에 조선인 가옥이 스무

---

* 陵陽君. 후대에 인조가 됨.

채 정도 있었다. 잡화점도 있었고 서당처럼 보이는(서당이나 학원이라고 해야 할 것이다) 간판을 단 집도 있었고, 지저분한 음식점도 있었다. 그리고 길옆에서는 밤과 메밀을 말리고 있었다.

계곡에서는 조선 여인이 두세 명, 풍선 같이 부푼 흰 옷을 입고 세탁을 하고 있다. 그리고 돌 위라고 해야 할지 풀 위라고 해야 할지 모르겠지만, 그 옆에서는 흰 천을 가득 펼쳐서 말리고 있었다. 나는 '봄이 지나고 여름이 오는구나 흰 옷 말리네 가구야마 산에서' 라는 시를 떠올렸다.

봄이 오니 저 초가집 문에 혹은 그 뒤 나무들에 싹이 파랗게 올라오고 복숭아꽃도 얌전히 피며 머위의 둥근 잎이 담장을 둘러싸고 있었다. 나는 처음에 이런 불편한 곳에 사는 사람도 있나 하고 놀랐다. 딱히 밭이 있는 것도 아니고 도롱이와 삿갓을 놓을 정도의 작은 논조차도 없다. 그런데 여기는 아직 북한산 기슭으로, 그나마 좀 나은 곳이었다. 돌길을 오르내릴 때마다 시계가 트이고 골짜기는 점차 험해져 흰 구름이 내려다보일 정도인 곳에 인가가 한두 채 있었다. 그리고 거기에는 다섯 살 정도의 여자 아이가 문 앞에 쓸쓸히 서있기도 했다.

산을 높이 오르면 실제로 사람이 사는 집은 한두 채 밖에 없었지만 집터인 듯 보이는 곳은 여기저기 있었다. 메밀밭을 둘러싸고 큰 감나무가 두세 그루 있었고, 부서진 우물도 보였고, 오래된 벚나무며 단풍나무가 있었다.

그도 그럴 것이 이 험준하고 수려한 봉우리는 과거에 백제의 옛

도읍이었다. 온조왕은 일본의 스이진(垂仁) 천황 대에 해당하는 이천 년 전 인물이다. 온조왕은 무엇을 두려워한 것일까? 공격하기 어렵고 방어하기 쉬운 지형의 이점을 무엇보다 중요하게 생각한 것일까?

그 후 이조 숙종 때에 이르러 국가만전의 계획을 도모하기 위해 이 주위에 삼리에 이르는 성벽을 쌓고 북한산 별궁을 건축했다. 구불구불한 삼리의 성벽은 지금도 봉우리에서 봉우리로 기어가듯 현존하는데 여기에 얽힌 만초 줄기는 그 당시를 이야기하는 듯했다. 북한산 별궁은 쇠락하여 그 터조차 남기고 있지 않지만 당시에는 공중에서 얼마나 화려하게 빛났을 것인가! 봄 안개 속에서! 저녁 해가 걸려 있는 여름 산의 정상에서! 이월의 꽃 보다 붉은 서리 내린 잎이 빛날 때에! 또 눈의 절정에! 그리고 이 구름 밖 별궁에서 빛나고 시들어 간 많은 미녀는 과연 어떤 생각을 하고 무엇을 느꼈을 것인가? 이런 것을 생각하다 보니 숙종왕을 떠올리게 되었다.

숙종은 대학, 중용, 논어, 춘추를 비롯하여 주역의 태극까지 통달한 사람이었다. '나의 치국의 길은 이것이다. 하나, 학문을 사랑하라. 둘, 현명하고 선량한 인물을 등용하라. 셋, 충직한 간언을 거침없이 받아들여라. 넷, 과실을 지적하는 말을 잘 들어라. 다섯, 재물에 마음을 두지 말고 어진 이를 귀하게 여겨라.'라는 글을 좌우명으로 삼았다는데, 사실은 이에 반하는 점이 있어서 안타깝다. 그는 충직한 간언을 잘 받아들이지 못했다. 재물에 마음을 두고 어진 이를 귀하게 여기지 못하며, 희빈 장 씨를 손 안의 옥구슬처럼 사랑했다. 장 씨는 절세의 미인으로 교언영색으로 왕에게 아첨했다. 왕은 장 씨의 시원한 눈매와 붉은 입술, 뭐라 말할 수 없이 아름다운 미소에 온통 빠져있었다. 왕은 장 씨에게 동평군이라는 정부가 있다는 사실 따위는 꿈에도 모르고, 동평군이 후궁에 자주 출입하는 것을 오히려 자신에게 충직하기 때문이라고 여겼다.

그러다가 장 씨는 임신을 하고 옥동자를 낳았다. 왕의 자식이 아닌 것은 누가 보아도 확연했으나 귀양이 무서워 아무도 입 밖에 내지 않았다.

梁園日暮亂飛鴉
양원에 해는 지고 까마귀는 여기저기로 날아 가네

極目蕭條三兩家
아무리 둘러봐도 보이는 것은 쓸쓸한 비석 두세 개

庭樹不知人去盡
정원의 나무는 사람이 떠나버리는 것을 알지 못하고

春來還發舊時花
봄이 오면 또 옛 꽃을 피우리라

위의 시를 떠올리면서 성벽에 기대어 서자 붉게 물든 담쟁이 잎도 슬퍼 보이고 눈물이 나오려 했다.

1922년 2월, 육백 명의 학생과 눈 속에서 이 산을 넘었다. 원래 가장 높은 백운대는 오르지 않을 예정이었으나 추위와 험한 길에 정말 말문이 막혔다. 누구보다 이 산의 지리에 밝은 조선인 두 명에게 길 안내를 맡겼는데 그저 앞서 간 사람의 발자국을 따라서 띠처럼 줄지어 나아갔다. 계곡과 바람이 부는 곳에는 상상도 할 수 없을 정도로 눈이 쌓여 있었다.

가을이 되어 그 옛날 장 씨와 동평군이 사랑의 환락에 취했던 별궁에 갔다. 북한산 산기슭에는 감이 붉게 익었고, 산속에 울리는 산사의 종소리는 밤을 줍는 아이를 서둘러 집으로 부르고 있었다.

1923년 8월 22일

조선의 혼례를 보고

배꽃이 꿈처럼 피어난 조용한 날이었다. 독서를 멈추고 창문을 열자 한일병합 담판의 당일, 공포를 쏘았다는 남산 봉우리가 바로 코앞에 보였다. 산기슭의 감나무와 조선에 많은 앵두나무, 아카시아 등이 청황색으로 새싹을 틔우는 사이로 살짝살짝 보이는 세균처럼 작은 조선인 가옥에서는 애조를 띤, 어딘가 그리운 다듬이 소리가 통, 통, 통하고 들려왔다. 나는 이 장단에 이끌려 마음껏 이국의 봄을 맛보고 있었다. 문득 나의 시야 속에 이상한 모습이 들어왔다. 내가 하숙을 하고 있는 집 쪽은 물이 많이 흐르지는 않았지만 계곡을 따라 지어져 있어서 계곡 저편으로는 남산 기슭으로 이어지는 조금 넓은 길이 있었다. 그 길 오른편에서 갓과 의관을 갖추고 종자가 씌워주는 큰 양산을 쓴 채 백마에 올라탄 사람이 조용히 지나가고 있었다. 자세히 보니 그 뒤에 가마가 따라오고 있다. 가마라고는 해도 내지의 가마와는 좀 달랐다. 내지의 가마는 봉을 끼워 어깨에 메는 식인데, 그때 본 것은 가마 밑 양측에 봉을 끼워 앞과 뒤, 양손으로 쥐게 되어있었다. 그 가마 뒤에는 같은 무리로 보이는 두세 명의 사람들이 따라오고 있었다. 나는 가마쿠라 시대의 풍속화를 떠올리면서 가능한 한 주의를 기울여 보았는데 아무래도 판단이 서지 않아서 재빨리 하숙집 여주인에게 물어보았다. 여주인도 서둘러 이층으로 올라와 창문을 내려다보더니 "저건 혼례에요."라고 말했다.

"그렇군요……. 묘하네요!"

"난 요즘은 별 생각이 없지만 처음에는 상당히 묘하다고 생각했어요."

"……."

나는 그 말에 대꾸는 하지 않고 왕조 시대의 궁궐 사람을 흉내 내는 듯한 모습을 잠시 바라보고서,

"뒤의 가마에는 누가, 어떤 사람이 타고 있습니까?"하고 물어보았다.

"저기에는 아무도 안 타고 있지요."

"그럼 누가 탈 건가요? 전혀 필요가 없지 않습니까?"

이렇게 내가 다시 물어보자 여주인의 대답은 이러했다.

"저건 신랑이 말에 지쳤을 때 타는 거예요. 말을 타고 있잖아요, 저 사람이 신랑이에요."

"그렇군요……. 꽤 사치스럽네요."

이런 이야기를 하는 사이에 말을 탄 사람은 시야에서 사라졌다. 사랑하는 아내를 맞으러 가는 새신랑은 이제 보이지 않았다.

그리고 우리 두 사람은 아래로 내려가서 긴 화로를 가운데에 두고 앉았다. 내가 혼례에 관해 질문을 했다. 이 주인 아주머니는 이미 팔구 년이나 조선에 살고 있었기 때문에 조선어도 잘했고 이쪽

의 풍습에 대해서도 꽤 정통한 사람이었다.

나는 그 아주머니와 동료들의 말, 조선 풍속사에 대한 나의 얕은 지식 등을 종합해서 이야기를 진행하고자 한다.

내지에서도 임신 중인 아기와 결혼을 약속하는 일이 있기도 하고, 정혼이라는 것도 있으며, 유녀와 서약서를 교환하는 일도 있는 것은 지카마쓰(近松)의 말을 빌려올 필요도 없이 명백한 사실이므로, 조선에서 그런 일이 행해진다고 해도 놀라운 일은 아니지만, 부모 간의 이해도 구하고, 중매인이 있으며 증서를 교환하는 것은 보기 드문 일이다. 이곳에는 그런 풍습이 있다. 어떤 경우인가 하면, 혼약이 정해지면 일단 결혼식을 올리는 사람도 있지만, 여기는 결혼 비용이 상당히 들기 때문에 재정적 계산이 필요하다. 어쨌든 가정 사정이나 개인적인 일신상의 상황에 따라 지참금까지 주고 약속을 한 후에 이 년이나 오 년까지도 기다리는 경우가 있다. 이런 경우에는 혼약 증서를 교환한다.

사람들의 말에 의하면 이 지참금으로 상당한 금액을 요구한다고 한다. 먼저 보통 백 원, 백오십 원, 이백, 삼백이다. 그래서 가난한 사람에게는 무리한 요구인 것이다. 내지인의 입장에서 보면 이백이나 삼백은 혼자 저축한다는 기특한 사람도 있겠지만, 쌀 다섯 홉만 있으면 이틀, 사흘은 일도 안 하고 곰방대를 물고 노는 게으름뱅이가 할 수 있는 일은 아니다. 따라서 여자, 아가씨는 많이 있지만 아내를 구하는 데 어려움이 있다. 한편으로 여자의 부모 측에서도 꽤 전도가 유망한 사람이 아닌 이상, 어떤 딸이라도 무일푼인 사람에게 줄 리가 없다. 지참금에 대해서는 다시 말할 필요도 없지만, 과거에는 여자가 일종의 상품, 팔다 남은 상품이었던 것이다. 내지와 조선을 비교해보면 내지의 혼례가 예식적 혹은 의식적이고, 조선의 혼례보다는 정화되어 있는 듯하다. 내지에서는 이 지참금이 어느 시대부터 풍속화 된 것인지 명확하지는 않지만 아마도 중국과 조선의 매매혼의 유풍이 내지에 도래한 것임은 틀림없을 것이다. 지참금이라는 것이 재미있는 점은 환금노동이다. 환금노동이라는 것은 노동으로 돈을 대체하는 것인데 결혼을 약속하고 일 년이나 이년 정도 여자의 집에 가서 노동을 하고서야 비로소 그 아가씨를 자신의 집으로 데려갈 수 있다. 그런 일은 내지에는 없을 것이라고 생각한다. 어디까지나 내 딸을 공짜로는 줄 수 없다는 사고방식이다. 이래서는 딸은 소나 말을 매매하는 것과 동일선상에 가까워지게 된다. 내지에서는 딸이 셋 있으면 가난해진다는 말이 있는데, 조선에서는 그 반대로 돈이 생긴다는 논법이 된다.

내지에서도 그렇지만, 조선의 혼례 예법은 꽤 까다로운 것 같다. 별로 재미없는 부분은 빼고 말하면, 드디어 혼인식 당일이 되면 신랑이 신부를 맞이하러 가는 것이 예법이다. 그때의 복장은 매우 거창한데, 머리에는 사모관대라는 뒤로 늘어지는 예식용 모자를 쓰고, 몸에는 대례복에 각띠를 하고 백마를 탄다. '백마에 금안장'이라는 말도 있고, 귀족 자제를 '흰 비단바지'라고 하는데, 이 행렬을 보면 그것이 분명히 떠오를 정도이다. 게다가 신랑에게 붉은 우산을 씌워주고 그 앞에 기러기 신랑이 서서 간다. 조선에서는 살아있는 기러기를 들고 가는 기이한 풍습이 있다. 살아있는 기러기를 들고 가는 사람이 즉 기러기 신랑이다. 이 사람도 말을 탄다. 기러기라는 새가 항상 줄을 지어가고 부부가 헤어지지 않는다는 데에서 온 것이다. 그리고 보면 내지에서도 그런 비슷한 이야기를 들은 적이 있다. 혼례 요리로는 은어라는 생선은 사용하지 않는다고 하지 않는가! 즉 은어는 일 년만 살기 때문에 단명의 느낌이 불길하다고 하는 것이리라. '혼례 축하물로 벼이삭*에 모래**를 듬뿍 발라서 가져가라!'라고 하지 않는가! 왜인가 물으니 '돌려보내지 말라'***는 뜻이 있기 때문이라고 한다. 정말 유치한 농담이다. 그런 것이 실제로 힘을 갖고 있다니 우습다고 밖에는 할 말이 없다.

드디어 새신랑, 즉 말을 탄 흰 비단 바지의 귀공자가 집에 도착하면 귀찮은 의식이 기억도 나지 않을 정도로 계속된다. '전안례(奠雁禮)'에 '삼배(三拜)', '결발(結髮)'등 많은 의식이 있는데, 삼배, 구배가 끝나면 그날 바로 갑갑한 분장을 한 채 조용히 가마를 탄 채 신랑을 따라간다. 그중에서 우스운 것은 신부의 눈을 가리고 데려가는 것이다. 게다가 그것의 의례의 일부이다. 그렇게 하는 이유는 정조를 지킨다는 생각 때문이고, 다른 남자를 쳐다보지 않는다는 의미라고, 조선인 소학교 교장을 오랫동안 해온 동료가 설명해주었

---

  * 벼이삭의 일본어 '이나(稲)'
 ** 모래의 일본어 '스나(砂)'
*** 일본어 발음 '이나스나(いなすな)', 즉 돌려내지 말라는 뜻.

주었다.

"남자 집에 가면 어떻게 하지?"라고 물어보자, 신랑 집에 가도 신부는 계속 눈을 감고 있으며, 음식은 신랑이나 다른 사람이 숟가락으로 입에 떠 넣어 준다고 했다. 갓 태어난 제비 새끼가 어미 새에게 먹이를 받아먹는 것처럼. 여자도 힘들겠지만 남자도 무척 힘이 들 것이다.

그 자리에서 신부는 맹인처럼 앉아 있다. 내지라면 노래가 나올 텐데 여기는 그 대신 남자의 얼굴도 아직 본 적 없는 규중에서 자란 풋풋한 신부에게 손님이 우스꽝스러운 얘기를 하며 놀린다. 손님의 놀림을 받고 혹시 웃기라도 하면 여자아이가 생기고 웃지 않으면 남자아이가 생긴다고 한다. 신부는 남자아이를 낳고 싶어서 웃음을 참고 있는다.

혼례에서 신부만이 그런 난문에 처하게 되는 것은 아니고, 실은 남자도 마찬가지다. 남자는 신부를 데리러 가는 날에 신부 쪽 친척들로부터 시나 노래를 요구받고, 신랑의 학문이나 지식의 정도를 시험 당한다. 이것도 조금 괴로운 일로 실력 없는 신랑이 좋은 성적을 받을 리가 없다. 여자 쪽은 묵언 수행이 아니라 불소 수행으로, 옆구리 아래에서 공격이 들어온다고 한다면 남자는 머리에서 공격이 들어온다.

그러나 이런 식으로 예법이나 의식이 복잡한 것은 귀족들 사이에서 그런 것으로, 하층민들은 그렇지만은 않다. 조선에서는 귀족을 양반이라고 한다. 이는 고려시대의 유물로, 고려시대에는 문무

관을 용반호반(龍班虎班)이라고 불렀는데 문관은 대례복에 용 자수를 넣고, 무관은 호랑이 자수를 놓은 것에서 비롯되었다.

그 아래에 중인, 상민, 천민의 세 계급이 있고 중인은 내지의 하급무사 정도에 해당되며, 상민은 농민과 상인이다.

이야기를 다시 되돌리면, 이렇게 귀찮은 의식을 행한 후에 가정에서의 여자의 위치는 어떠할까. 중국문화의 영향을 받아 도덕의 근본은 효이며, 오륜오상에 있는 것이므로 여자는 남편에게 절대 복종한다. 그리고 부모에게 효를 행한다. 귀족계급에서는 이 효에 대해 상당히 까다로운데, 부모 앞에서는 행실을 바르게 하고, 나쁜 말 따위는 뒤에서도 하지 않을 뿐 아니라 남에게 그런 말을 들었을 때에는 오히려 자신의 수치로 여기고 심하면 자살하는 사람도 다수 있다고 한다.

조선 민요의 특질

민요란 어떤 것일까, 엄밀히 말하는 날에는 본질적으로 그 범주에 기타 다양한 논의도 나올 것이며, 또한 추구해야 할 여백도 다분히 존재하겠지만 지금 그것을 할 여유가 나에게는 없다. 그래서 편의상 두 개의 정의를 차용하고자 한다. 첫째는 노구치 우조(野口雨情) 씨의 것이고, 둘째는 후지사와 모리히코(藤澤衛彦) 씨의 것이다.

우조 씨는 민요를 '민족 생활의 정서를 전하는 유일한 향토시이자, 흙의 자연시이다.' 라고 정의했다. 그는 굳이 '유일'하다고 강조하고 있는데, 민족 생활, 민족 감정, 혹은 민족의 향기를 표명하는 것이 민요뿐일 리는 없을 것이다. 물론 민요가 향토시라는 것에 이의는 없지만, 유일한 향토시라고까지 극단적으로 말하는 것은 다소 외람된 것이 아닐까. 따라서 이 표현은 필요 없는 것이라고 생각한다. 또 '흙의 자연시'라는 표현을 했는데, 우조 씨가 말하는 흙은 무엇을 의미하는 것일까? 농민을 말하는 것인지, 가요와 대조적으로 농업이나 산천 등의 자연에 바탕을 두어야 한다는 것인지 도대체 명확하지 않다. 우조 씨가 이 정의를 내렸을 때는 '유일'이라든가, '흙'이라는 말에 대해 명확한 개념이나 견해가 있었던 것이 아니라, 그저 적당히 사용한 것이라고 생각된다. 이 불투명하고 잘난척하는 어조와 허영이 느껴지는 우조 씨의 정의에 반해, 후지사와 씨의 경우는 정의라고 하기에는 다소 농담 같은 어조이기는 하지만 민요의 내용을 유감없이 명시했다.

후지사와 씨는 '민요란, 같은 사상과 감정을 갖는 민족이라는 일군의 사람들 사이에서 발효된 순진한 정서의 표현인, 민중의 가요다. 또한 그것은 그 시대에 어울리는 말과 가요로 읊은 시형과, 향토의 기풍에 적합한 율동과 선율로 부르는 조곡 위에서, 자연스럽게 구축된 것이다. 이 민요는 언제나 그 시대 사람들의 마음에 많은 공명을 일으키고 그들의 정서를 애틋하게 건드려서 그들의 문학이 되고, 음악이 된다.' 라고 했다. 나는 후지사와 씨의 이 정의에 찬성한다. 민요는 같은 사상 및 감정을 갖는 민족 사이에 발효된 것이며, 그 향토의 기풍에 적합한 율동과 선율로 부르는 조곡 위에서 자연스럽게 구축된 것이어야 한다.

이렇게 민요가 그 사회 및 민족과 밀접한 관계가 있는 만큼 민요를 연구함에 있어서 먼저 그 시대나 사회를 연구해야 함은 더 말할 필요도 없다. 더 나아가 민요 발생상 가장 필요한 사회심리나 사회의 예술적 착각을 되돌아봄과 동시에, 특유의 환경이나 특수성이 갖고 있는 감흥 및 향기 같은 것을 충분히 주의해야 한다.

예술상의 '향토'를 중시해야 한다는 것이 나의 지론으로 거듭 말할 필요는 없지만, 일반적으로 아직 확실한 상식이 되어 있는 것은 아니다. 이것은 현재 예술의 계급 유무에 대한 의견이 각각 다르거나, 프롤레타리아 문학의 예술적 이론이 아직 수립되지 않고 각자 개인적인 방향으로 향하고 있는 우리 문단의 현 상황이 증명하고 있다. 이 졸문이 민요에 관한 것이기 때문에 우조 씨를 한 번 더 인용하는데, '향토'를 논하는 우조 씨도 실은 그것을 제대로 이해하고 있지 못한 것 같다. 왜냐하면 그는 속요나 유행가는 민요가 아니라고 말하고 있기 때문이다. 예술상의 향토라는 것은 단순히 횡적인 문제만은 아니다. 종적으로도 마찬가지로 인정해야한다. 여기에 우조 씨의 '향토'에 관한 견해의 모순과 편견, 불철저함이 있다. 그러나 종적으로도 마찬가지로 '향토'라는 것을 인정한다면 당연히 속요도 유행가도 인정해야 한다. 왜냐하면 당연히 속요나 유행가도 민족들이 부르는 것이기 때문에 그들의 정서를 애절하게 건드리는 무언가가 있으며, 그 향토에 적합한 율동과 선율을 갖고 있기 때문이다. 우조 씨는 정말 이 공간적 향토를 보지 못하고 있다. 이는 예술상의 '향토'를 우리 문단이 중요하게 보지 않는 하나의 예일 것이다.

이야기가 여담으로 흘렀는데, 조선은 과거에 어느 방면에서도 타국에 자랑할 만한 무언가를 가질 수 없었던 나라였다. 역대 위정자들의 부덕과 무지와 악정은 채종유를 짜듯이 최대한 백성의 고혈을 착취했고, 귀족들은 그 고혈에 의존하여 동물적인 향락을 마음껏 즐겨왔을 뿐이었다. 백성은 단지 흙에 있으면서 흙을 먹는 빈곤과 고통에 맞서왔다. 원래 조선 민족에게 의분이라든가 정치적 혁신이라든가 복수 등과 같은 관념은 너무나도 부족했기 때문에, 극도의 압박을 받으면서도 그저 가능한 한 자신을 억누르고 피가 흐르는 고통을 참아온 것이다. 그 결과 그들은 매우 노쇠해졌다. 따라서 그들에게는 이상도 향상도 인생의 낙도 전혀 있을 수 없었다.

대원군이 경복궁을 조성할 때에는 정신적으로도 경제적으로도 육체적으로도 실로 다 말로는 표현할 수 없을 만큼 백성들을 압박했다. 이 때는 백성들도 참기 어려워져 정부의 학정을 원망하고 격앙했다고 정사에도 기록되어 있는데, 민요에는 단지, '을축, 갑자년 / 초하루 / 경복궁의 / 땅고르기여.'처럼 폭압을 증오하는 정도로 나타났다. 이 민요는 갑자, 을축년이라는 시기의 초하루를 읊음으로 경복궁 조성이 정치적인 의도에 전도된 것을 풍자하고 있다. 실제로 한심할 정도로 갑갑함을 느낀다. 그러나 항상 악정 하에 놓인 조선 민족의 민요가 소박하며 유치했지만 이는 무엇보다 그들을 위로해 주었다. 달이 갖는 위안과 자애였다. 그들에게는 아무런 장식도 과장도 없었다. 단지 어려울 때, 화가 날 때, 정직하고 솔직하게 그 순정을 드러내고 서로 마음을 위로했다. 술을 마시면서 혹은 들판에 나와서, 또는 달밤에 읊조리면서, 애절한 인생에 적게나마 흥미와 즐거움을 부여하고자 했다. 그런 내용은 다른 문헌에 비해 민요에 풍부하게 남아있다.

조선은 정치의 인도적인 통일이 결여되어서 문헌이 적은 나라이다. 문학사도 없으며 정치사도 없다. 과거에 민족적 종교는 있었지만 그 경전은 전해지지 않았다. 유치하기는 해도 사상 생활이 있었겠지만 그 체계적 기술은 전해지지 않았다. 따라서 과거 조선민족의 정열을 보려고 한다면 민요를 보는 것이 무엇보다 현명한 방법

일 것이다.

조선의 민요를 접하고 무엇보다 먼저 생각한 것은, 이들이 어떤 장식성도 없이 솔직하게 절실한 순정을 표현하고 있다는 점이었다. 눈물이 날 만큼 정직하게 그 의욕을 노래하고 '바램'을 호소하는 점이었다.

예를 들면 청상(青孀) 민요 중 '한가(嘆歌)'에 다음의 한 구절이 있다.

비녀와 가채도
약값으로 썼지만
약을 달일 그 시간에
이미 목숨은 끊어져버렸는가

아무리 울어도 호소해도
그의 영혼은 어디에 있는지
생 수박을 잘라버리듯
나를 이 세상에 두고 떠났네

자리에 누우면 잠못들고
창에 기대면 낭군이 그리워
매일 밤마다 울다 지쳐
나는 어떻게 살아가야 하나

야산에 무성한 풀의 싹은
봄이 되면 돋아나는데
한 번 간 낭군은

돌어올 줄을 모르네

이은상(李殷相) 씨의 번역

이것은 애모의 애석한 정을 노래한 것이다. 자신을 버리고 떠난 연인을 원망한 것으로는 다음과 같은 민요가 있다.

나를 버리고
가시는 님은
일 리도 못가서 발병난다.

울며 매달리는
낭군의 소매
떨쳐버리고
가시는 구나
끝없는 길에
해는 저물어
들녘의 등불이
쓸쓸하게

잠 못 드는 하룻밤을
밝힐 때
내 마음은
알 수 없네

이광수(李光洙) 씨 번역

또, 형제의 정을 읊은 것으로 이런 것이 있다.

> 우리 형제가 죽으면
> 앞산에도 묻지 말고
> 뒷산에도 묻지 말고
> 산을 넘어 저기
> 가지 밭에 묻어 주게
> 가지가 두 개 자라나라면
> 우리 형제가 왔다고 생각해주게

이들 민요에서 알 수 있듯이, 조선 사람들은 가련할 정도로 순진무구하고 순결한 심성으로 인생을 노래하고 있다. 거기에는 어떤 흥정이나 계산도 없다. 이 민요들을 일본 민요의 일종인 에치고진쿠(越後甚句)나 오이와케부시(大分節)와 비교해 보자.

> 배웅하러
> 부두까지 나갔어도
> 울음이 나와
> "잘가요"라고
> 말을 못하네

> 새도 가지 않는 핫초가지마(八丈ヶ島)로
> 유배가는 이 몸은 싫지 않아도
> 뒤에 남은 처자식
> 어떻게 세월을 보낼까

위의 민요들과 비교해보면 기교나 수법, 그리고 민감함에 1, 2세기의 장벽은 있을 것이다. 또 그 기법이 거칠고 다듬어지지 않은 점에서도 차이가 있을 것이다. 그러나 정직하고 솔직하게 마음의 제상을 강하고 생생하며 진지하게 노래하고 있다는 점은 일본의 만요(万葉), 무로마치(室町)기의 시를 떠올리게 한다.

사랑하는 마음에 부는 바람은 소매에 걸려서 무겁구나 사랑은 무거운 것인가

일부러 오는 것은 여인숙 하녀, 진실을 생각하면 부끄러움도 사람들의 눈도 생각도 생각이 나지 않는 법, 너는 아름다운 꽃일 뿐

이러한 만요 시대나 무로마치기의 민요에 깃들어 있는 소박함과 솔직 발랄함을 조선 민요에서 찾을 수 있다. 생생한 현실의 생활, 혼의 율동을 느낄 수 있는 것이다.

대략적인 개괄을 하자면, 일본의 민요의 섬세하고 바르며 우아한 아름다움에 비해, 조선의 민요는 소박하고 솔직하고 자연스러우며 야생적이다. 전자가 어디까지나 기교적, 상상적이며 꽃놀이 기분인데 비해 후자는 무기교적이고 검소하며 인도적이고 처녀다운 조신함을 잊지 않았다. 이 소박하고 솔직하며 야생적이고 무기교적임과 생명적 감격, 절실한 진정성, 그리고 생활적 실감이 조선 민요의 한 특질이 아닐까.

민요의 '향토'에 대해
노구치 우조 씨에게 답하다

지난번에 이치야마 모리오(市山盛雄) 편저 『조선민요의 연구』 중에 「조선민요의 특질」이라는 제목의 부족한 졸고를 실었는데, 이 글 곳곳에 노구치 우조 씨의 민요의 정의에 관한 불만을 적었기 때문에 우조 씨는 나의 불만에 대한 해명을 하는 편지를 이치야마 씨 앞으로 보내셨다.

　　서간의 대부분은 나의 불만에 관한 해명이었는데, 이치야마 씨 앞으로 온 사적인 서신인 이상, 이렇게 공개적인 지상에서 이렇다 저렇다 논하는 것은 실례이기도 하고 경솔하다는 생각도 했다. 하지만 서신중에는 나의 이름도 당당히 적혀있었고, 사적 서신이라는 형식으로, 우조 씨의 정의에 불만을 품고 있는지 아닌지도 모르는 사람에게, 제삼자의 논의의 시비를 가리며 해명을 하고, 답답한 마음을 풀어보려는 우조 씨야말로 제대로 된 길에서 상당히 벗어났다고 할 수 있다. 예를 들면 뒷골목 주택의 부인이 할 만한 짓으로, 동쪽에 있는 이웃집 부인의 험담을 서쪽에 있는 부인에게 털어놓는 듯한 일이다. 그러나 나는 그것을 그다지 불쾌하게 생각하지는 않는다. 왜냐하면 너무 한심하기 때문이다. 또 우조 씨가 도리에서 벗어난 일을 하시니, 그에 보답하는 방식으로 나도 대응하겠다는 것도 물론 아니다. 하지만 이미 그것을 알고 있는 이상, 또 이치야 먀 씨에게 우조 씨의 주장에 대한 의견을 요청받은 이상, 사적이든 공적이든 작년에 발표한 졸문의 책임을 통감한다. 또 민요와 향토라는 것에 대해 나에게는 나 나름대로의 의견도 있으므로 이번 기회에 다소 말을 덧붙여 두고자 한다.

'민요와 속요는 본질적으로 다릅니다. 단, 속요와 유행가는 본질적으로는 그게 다르지 않다고 생각하지만 그것이 그 시대의 풍조를 반영하는지의 여부에만 차이가 있습니다. 따라서 유행가(流行唄)는 오히려 유행곡(流行節)이라고 부르는 편이 나을 거라고 생각합니다.'

우조 씨의 편지 속에 이런 구절이 있다. 이에 따르면 속요 및 유행가와 민요의 차이는 가로와 세로의 차이가 된다. 유행가나 속요는 가로선이고 민요는 세로선이다. 우조 씨가 '시대의 풍조를 반영하는지의 여부에만 차이가 있다'고 한 것은, 결국 이러한 의미일 것이다. 민요는 어느 시대 사람들의 마음속에도 음악적 율동을 불러일으키는 무언가를 함유하고 있는데, 속요나 유행가는 다음 세대에서는 생명력을 갖지 못한다. 생존력을 갖지 못한다. 따라서 속요나 유행가는 민요가 아니라고 말하는데, 민요이기 때문에 다음 시대에 부르지 않더라도 상관이 없다고 생각한다. 만일 우조 씨가 전술한 설을 철회하지 않는다면, 그는 정말 자가당착에 빠져있는 것이다. 왜냐하면 그는 민요를 향토적인 유일한 시로 보고, 만일 '향토'를 제거하면 이미 그것은 민요가 아니라고 주장할 기세이기 때문이다. 예를 들면 규슈 사람들이 히로사키(弘前)의 민요를 부르지 않는다고 해서 이것이 민요가 아니라고는 말할 수 없듯이, 메이지 시대 민요를 오늘날 쇼와 시대에 부르지 않는다고 해서 민요가 아니라고는 말할 수 없다. 한 보 양보해서 우조 씨의 견지에서 생각해 보면 그의 설은 심각한 모순을 갖고 있다. 어느 시대의 사람이나 모두가 공명할 정도라면, 어떤 민족적 감정에도 시적이고 음악적인 율동을 일으킬 것이다. 그것의 정의로 민족생활의 정서를 전하는 유일한 향토시라고 말하고 있기 때문이다. 사회를 몇 층으로 나누어 그 층마다 민요의 '향토'를 생각할 수 있다. 민요의 '지방적 향토'를 인정한다면 그와 동시에 '시대적 향토'또한 인정해야 할 것이다. 그렇다면 당연히 속요도 유행가도 민요라고 해야 한다. 가령 그것이 일 년이나 반년의 생명 밖에 갖지 못한다고 해도, 다음 시대에는 부르지 않는다고 해도, 많은 민중들이 불렀다는 것은 어쨌든 그 노래와 부르는 민중의 사이에 음악과 시가 구성되었기 때문이다. 민족이라는 일단의 사상과 감정을 접했기 때문이다. 우조 씨는 '향토' 라는 것을 '지방'이나 '장소'라는 식으로 한정 짓고 있는 것 같은데, 그것은 편파적인 생각으로, 여기에 그의 민요 '향토'에 대한 나의 불만이 있다. 다시 말하자면 민족이 끊임없이 만들어 가고 있는 역사의 어느 부분을 잘라 보아도 그 단면은, 즉 민요의 '향토'라고 말할 수 있을 것이다. 또 사회의 어느 층도 민요의 '향토'일 수 있을 것이다. 이런 의미에서 나는 전에 발표한 졸문에서

'우조 씨는 속요나 유행가는 민요가 아니라고 하면서 향토라는 것을 명료하게 인정하고 있다. 예술상의 '향토'라는 것은 단지 횡적 문제만은 아니다. 종적으로도 마찬가지로 인정해야만 한다. 여기에 우조 씨의 큰 모순이 있는 것이 아닐까.'라고 한 것이다.

그는 또 '다수의 사람의 공명을 얻는지 그렇지 못한지의 여부에 따라 민요인지가 결정되는 것은 아니다. 공명이 적더라도 민요는 역시 민요라고 생각한다'고 했다. 하지만 다른 문예와는 달리 민요의 경우에는 그렇게 말해 독선적으로 정리해버릴 수는 없다고 생각한다. 많은 사람들의 공명을 받을 수 없는 것은 민요가 아니다. 많은 사람과 손을 잡고서 비로소 '민요'라고 부를 수 있는 것이다. 사람들이 부르지 않는 것은 민요풍의 모습을 한 '단시'일 뿐이다. 이는 마치 열일곱, 여덟 살의 시골 아가씨를 무대 위에서 보았는데, 대기실에서 보니 육십 살의 할아버지였다는 것과 같다. 그런 사람은 호적명부에 여자라고 적혀 있을 리가 없다. 이와 마찬가지로 공명이 적은 것은 민요가 아니라, 우리가 일반적으로 '시'라고 부르는 부류에 넣는 편이 낫다. 민요의 민요다운 점은 말할 필요도 없이, 형태에 있는 것도 아니고 외설적인가의 여부에 달린 것이 아니다. 민족이 낳은 것인지 아닌지에 따라 결정되는 것이다. 혹은 타인이 낳은 아이라도 상관없다. 우리 민족이 그 아이에게 공명하는 점이 있고, 우리 아이처럼 사랑하고 우리의 가풍-향토-에 맞도록 길렀다면 그것도 역시 우리의 민요이다. 이 점은 다른 문예에 비해 그 정취가 크게 다르며 또한 자유롭다. 그는 「민요와 동요를 만드는 법」에서 유행가나 속요는 외설스럽기 때문에 민요가 아니라고 했는데, '외설'은 유행가와 속요에 있어 필수불가결하고 필연적인 구성요소는 아니다. 민요가 외설적이지 않기를 바라는 것은 이상일 뿐이다. 이상을 갖고 현실을 지도 편달하는 것은 물론 괜찮지만, 그 때문에 민요가 아니라고는 물론 말할 수 없다. 그렇게 말하는 우조 씨는 너무나 거칠며, 독선적이다. 그의 의견대로라면 야만 민족에게는 민요란 없다는 이야기가 된다. 아무리 우조 씨가 역설한다 해도 현대와 다른 도덕의식을 가진 시대가 찾아오면 그가 말하는 민요도 참을 수 없이 불결하고 외설적인 것으로 보일 지도 모르는 일이다. 그는 민요가 순수하다거나 바르다는 표현을 자주 사용하지만 그런 것들이 결코 절대적인 힘을 갖는 것은 아니다.

더욱이 우조 씨는 향토라는 것에 대해 '어느 나라든지 그 나라 국민의 민요라면 그 나라의 향토적 색채가 포함되어 있어야 한다고 생각한다'고 말했는데, 민요에 향토색이 다분히 포함되어 있다는 것에는 나도 다른 이견은 없다. 이런 것은 말할 필요도 없는 일이다. 단지 '향토'를 지방적으로만 한정하는 것은 철저하지 못하다는 것이다. 우조 씨는 '향토'라는 단어를 정의에까지 사용하고는 있지만, 실은 확고한 생각을 갖고 있는 것 같지는 않다. 그는 '속요에는 그것이 없습니다. 따라서 유일이라는 말을 사용했습니다.'라고 덧붙였는데, 속요에도 '향토색'은 많이 있다. 그것을 없다고 하는 것은 결국 우조 씨가 '향토'에 대해 편파적인 관점을 갖고 있기 때문일 뿐이다. 속요의 '향토'에 대한 나의 생각은 전에도 말한 내용이므로 다시 반복하지는 않겠지만, 답답한 것은 우조 씨의 민요에 대한 예술론적 견해나 민요의 발생상의 견해가 매우 유치하고 얄팍하다는 것이다. 꿩도 울지 않으면 잡히지 않는다고 하는데, 우조 씨가 한심한 편지를 보내지만 않았더라도 그가 이렇게 무지하고 견식이 없다고는 생각하지 않았을 것이다. 잘난 척을 하고 있는 것이 아니다. 민요에 대해 우조 씨에게 대답하고 싶은 것은 많이 있지만, 지면을 많이 초과했기 때문에 일단 이 정도로 마치고자 한다.

서문에 덧붙인다. 우조 씨는 다카노(高野) 박사도 민요, 속요, 유행가를 같은 것으로 보고 계신다는 말을 편지에 적었는데, 다카노 박사가 어떤 의미에서 그것을 동일시했는지는 모른다. 또 '향토'에 대해서도 어떤 생각을 갖고 계신지도 잘 모른다. 이상은 모두 나의 개인적인 견해일 뿐이다.

1927년 12월 8일

効창원 수필

반딧불

물론 이런 생각을 하는 사람이 나뿐만은 아니겠지만, 여름이 되면 무엇보다 큰 즐거움 중의 하나가 '저녁'이다. 폭염 후에 오는 시원함 때문이라기보다는 그 정취를 높이 평가하고 싶다. 어느 계절이든 '저녁'에는 회고나 감상, 적적함 등의 정취가 정말 풍부하며 우리를 위로해 주는데, 여름의 청량함은 더 각별하다.

구름 한 점 없이 조용히 저물어 가는 하늘에, 언덕 위의 소나무 숲이 떠오르면서 삼삼오오 서둘러 둥지로 날아가는 검은 까마귀에도 말로 표현할 수 없는 시취가 숨어있다. 또한 소나무 가지 끝에 금색으로 남겨진 석양도 사람의 마음을 먼 곳으로 이끈다. 울타리 너머로 이웃집을 바라보면, 남편은 속옷인 훈도시 한 장만 걸친 차림으로 문 앞에 심은 가지며 무에 물을 주거나, 토마토 잎을 따고 있다. 아내는 처마 밑에서 네다섯 살짜리 남자아이에게 등물을 해 주고 있다. 그리고 새빨간 닭 벼슬을 단 수탉이 서너 마리 달리고 있다. 이 장면을 보니 몇 개의 하이쿠 풍의 간소한 담채화나 만화의 제목이 떠올랐다. 이런 여름 저녁의 정취는 흙의 시이며 자연에

다가가는 생활의 기쁨이다. 모깃불을 피우거나 물 뿌리기를 하지는 않더라도, 코스모스의 잎이 무성한 울타리에 받침대를 가져와서 앉아 매일 같이 반복되는 이웃의 일상을 바라보거나, 머리 위를 날아가는 까마귀의 검은 배를 쳐다보면서 여러 가지 상념과 공상에 잠긴다……. 이것은 여름 저녁에만 주어진 특별한 위안이다.

어젯밤에도 나는 코스모스가 자라난 울타리 쪽으로 나가 더위를 식히고 있었다. 그리고 바늘처럼 가는 코스모스의 잎 끝부분이 하얗게 반짝 빛나는 것을 보고, 이상하게도 갑자기 나의 공상과 상념이 전개되기 시작했다. 잎 끝에서 반짝 빛난 것은 열을 식히기 위해 물을 뿌린 후에 남은 물방울이 조용히 남아 있다가 떠오르는 달이 소나무 가지 끝 구석구석을 비추었기 때문이었는데 나는 갑자기 반딧불을 떠올렸다. 나의 고향에서는 작은 반딧불이 많이 있었다. 네다섯 살 무렵부터 귀찮아하는 누나의 뒤를 극구 따라가서 종이 봉지를 들고 반딧불을 잡으러 자주 다녔다. 그리고 종이 봉지 속에서 노랗게, 물이 들 것처럼 빛나는 반딧불이 신기하고, 또 너무나 기뻤다. 이런 일도 있었다. 반딧불을 가득 잡아 와서 그 종이 봉지를 베개 맡에 두고 이쪽저쪽에서 전구처럼 번쩍이며 빛나는 것을 즐기던 나는 그만 어느새 잠이 들어버렸다. 이 정도 일이라면 그 당시에는 매일 밤처럼 반복되었고 별다른 일도 아니었다. 하지만 그 반딧불이 어느 틈엔가 종이 봉지에서 기어 나와 다다미 여덟 장짜리 모기장 안에 가득히 진주라도 뿌려놓은 듯이 파랗게 빛나고 있었다. 나는 엄마한테 심하게 혼이 났다. 도쿄에 나와서는 다마가와(多摩川)에 놀러 갔을 때 해가 저물어, 우연히 빛나는 반딧불을 발견하고 M과 둘이서 신기해하면 잡았던 적이 있었다. 이 다마가와의 저녁은 아마도 내 평생의 추억으로 남을 것이다.

겐지 반딧불, 헤이케 반딧불 등 이름은 강해 보이지만, 뭐라 말할 수 없이 몽환적이다. 푸른빛 실로 오월의 어둠을 꿰고, 사라졌다가 빛나고 빛났다가 사라지는 그 곡선의 깜빡임은 학문도 지성도 저 멀리 초월하여 나를 명상의 저 깊은 곳의 정적으로 데려간다. 옛 노래에 '생각해보면 계곡의 반딧불도 몸에서 흘러나온 혼처럼 보이네'라는 것이 있는데, 감상적인 기분일 때에는 혹시 그런 것이 아닐까 하는 생각도 들 것 같다.

고슈(江州) 이시야마(石山)는 일본에서 유명한 반딧불의 명소라고 한다. 나는 물론 가본 적도 없으므로 얼마나 많이 있는지는 모르겠지만 각지에서 오는 관광객도 많고, 반딧불 구경이 실로 성행하고 있어서 이를 상대로 하는 음식점도 많이 생겼고 유람객용 특별 차량까지 운행한다고 한다. 또, 오미(近江)의 모리야마(守山), 이마주쿠(今宿) 근처에도 반딧불이 많은데 그 지방에는 반딧불 잡이 영업을 하는 집이 몇 집이나 되고, 그 지역 역전의 중심인 돈야에서는 칠십 명이나 되는 사람을 써서 잡은 반딧불을 근처 지방으로 반출한다고 한다. 나는 반딧불이 장사가 된다는 이야기를 듣고 정말 놀랐다.

어쨌든 반딧불은 많은 시가에서 사랑을 받았다. 곤충을 소재로 한 「백충보(百蟲譜)」에는 다음과 같은 글귀가 있다. '반딧불은 비교할 것 없이 사계의 풍물 중에 최상이다. 물가에 날며 풀에 모여들고, 오월의 어둠은 그저 이것을 위한 것이라는 생각마저 든다.' 또 이런 시도 있다. '풀잎에서 떨어진 순간 날아오르는 반딧불이여', '손자의 손을 잡고서 따라나선 반딧불 잡이', '여름 벌레의 몸을 밝히는 빛은 어둠 속에서 길을 잃지 않도록 이정표가 되었네'. 이외에도 셀 수 없이 많다.

진나라의 차윤은 반딧불로 보통 사람들이 견딜 수 없는 고학을 했다. 이 전설은 회화로도 그려지고 시로도 많이 읊어졌는데 반딧불을 이용한 이야기는 이 이외에도 있다. 원래 사람들에게서 듣거나 책에서 읽은 이야기이기는 하지만, 미국 어느 지방에는 삼 센티나 되는 반딧불이 있어서 귀부인들이 이를 좋아하여 머리나 옷깃의 핀으로 사용하고 무도회에 나간다고 한다. 과연 재미있는 취향임에 틀림없지만, 조금 잔혹해서 불쾌하기도 하다. 또 쿠바의 원주민 여자는 반딧불을 실에 매달아 가슴 장식이나 머리 장식으로 쓴다고 한다. 일본 사람이 귀신 흉내를 내려고 할 때는 온 얼굴에 흰분을 바르거나 머리에 흰 천을 쓰는데, 미국 원주민들 사이에는 반딧불의 발광부를 가루로 빻아 얼굴에 바루고 귀신 흉내를 내며 어두운 밤에 겁쟁이들의 혼을 빠지게 했다는 얼간이도 있다. 또 두꺼비 중에 반딧불을 먹는 놈이 있다는 이상한 이야기가 있다. 한두 마리 정도가 아니라, 수없이 많은 두꺼비가 반딧불을 먹으면 몸 안에 들어온 반딧불 불빛이 뱃가죽을 통해 외부로 밝게 새어나와 두꺼비 초롱이 지상으로 튀어나온다고 한다. 이런 이야기는 정말 재미있는 만화 같다. 장난꾸러기가 본다면 분명히 즐거워할 것이다.

아이 이름 짓기

내 한 몸조차 잘 돌보지 못하는 나에게, 얼마 전에 벌거숭이 갓난아이가 태어났다. 하늘의 뜻인 것이다. 눈도 뜨지 못한다. 말도 하지 못한다. 그저 손발을 움직이며 우는 고무인형 같다. 그러나 계속 살아가야 한다면 뭔가 이름을 지어주어야 한다. 태어나서 삼일 째에 젖을 먹였는데 그대로 토해서 병원에 약을 받으러 가자 약봉투에 '난바 아기님' 이라고 쓰여 있었다. 아기님이라는 것은 정말 사실적이어서 정말 묘하고도 놀라웠는데 백발의 노인이 되어서도 난바 아기님이라면 만화가도 눈을 휘둥그레 하게 뜰 테니, 어떻게든 적절한 이름을 지어주어야 한다고 생각했지만 막상 사람 이름 짓는 것은 어려운 일이다. 문필가는 문장의 제목을 짓는 데에 고심하고 화가는 화제에 고심한다고 하지만 부모가 되어보니 사람 이름에 고민을 한다. 나는 인간의 이름이 기교적인 것은 정말 싫었다. 요즘은 특히 여자의 이름은 쓸 데 없이 복잡한 것이 유행이지만, 인간이란 남의 기호에 맞춰야 하는 상품도 아니고 감상물도 아니다. 남자는 남자답게, 여자는 여자답게, 그리고 남들이 들었을 때 헷갈리지 않고 읽기 쉽고 잘 통하며 품위가 없지 않으면 충분하다. 이런 조건을 먼저 걸고 생각해 보았는데, 역시 어려운 일이었다. 올해는 용띠 해이므로 이에 연관 지어 뭔가 만들어보려 했지만, 용 진(辰)자는 그 자체로 별로 좋은 느낌이 아니다. 진자보다는 용 용(龍)자가 어느 면에서 보아도 낫다. 하지만 다쓰로(龍郎)도 류이치로

(龍一郎)도 다쓰오(龍夫), 류타로(龍太郎)도 모두 불안하다. 류타로는 좀 낫지만 류노스케(龍之介)의 당당한 기품을 따라가지 못한다. 나는 아쿠타가와(芥川) 류노스케가 없었다면 바로 류노스케라는 이름을 지었을 것이다. 다쓰노스케(辰之介)는 활동배우 같아서 별로다. 그럼 기분을 바꾸어 후지오(不思夫)로 할까? 다카시(孝)로 할까? 가즈오(一郎), 마나부(學), 테쓰오(哲夫), 쓰네(凡), 잇페(一平), 뇨제오(如是男), 아리나(無名)? 이렇게 이런저런 생각을 했지만 흔하고 평범한 지혜가 없는 이름이기는 하지만 결국 다로(太郎)라는 이름이 좋을 것 같다. 어느 날 식사를 하고 있는데 요코야마(橫山) 소장이 "이름은 정하셨습니까?"하고 물었다. 나는 "아직 못 정했습니다만, 다로, 지로(次郎), 사부로(三郎) 등의 이름도 좋을 것 같습니다."라고 대답을 했다. 이 대답을 들은 소장은 "다로라는 이름은 좋군요. 난바 다로. 가쓰라 다로. 좋은 이름입니다."라고 크게 동의해주었다. 그래서 나도 결국 이 이름으로 정하고 싶어졌다. 그러자 미쓰이(光井) 선생이 말하기를 "그런 이름을 지어주면 다로가 있으면 지로가 있고, 지로가 있으면 사부로가 있고, 그러다 보면 고로, 로쿠로, 그러다가 구이치로, 주지로 등 유치원이 필요하게 될 거요."라고 하여 모두 크게 웃었다. 어쨌든 이제 그냥 아기님은 아니게 되었다. 부모로서 아이가 건강하게 자라기를 바란다.

고젠지(興禪寺)의 스님

나에게 처음 한문을 가르쳐준 것은 집안 대대로 제사를 지내는
마을 절 고젠지의 주지스님 다나카 에슈(田中英洲)라는 분이었다. 처
음에 『대학』을 배웠는데 표지는 벌레 먹고 너덜너덜한 목판본으로
큰 검은 글자를 긴 곰방대로 한 자 한 자 찍어가며 가르쳐주셨다.
문장을 그저 읽는 것뿐이었기 때문에 그것만으로는 무슨 뜻인지
이해할 수 없었지만 옛날 책을, 그것도 한자만으로 쓰인 책을 읽는
다는 것이 큰 흥미와 자부심을 느끼게 했다.

스님을 글씨도 달필이었지만 말씀도 잘하셨다. 책을 가르치면서
여러 위인이나 유명한 스님의 이야기를 해주셨다. 좌선이나 문답에
대한 이야기도 있었는데 나는 그런 이야기들을 재미있게 들었다.
그리고 많은 교훈을 얻었다. 이윽고 도쿄로 유학을 가기로 결심을
하고 떠나기 전날 밤에 인사를 드리러 갔더니, 스님은 "많이 보고,
많이 듣고, 많이 울지 않으면 진정한 인간이 될 수 없지"라는 가르
침을 주셨다. 그 말에도 나는 깊이 감격했다. 나는 정직하게 말한
다. 동서고금 여하를 막론하고 어떤 성인이나 현인이 남긴 격언보
다도 살아있는 격언으로 내 마음 깊은 곳에 남아 떠나지 않은 것
은, 이 말이었다. 이것은 나를 쉬지 않고 격려해준 말이었다. 이 말
과 온화한 스님의 인자한 얼굴, 여름이면 절 마당에 피던 백일홍은
평생 잊을 수 없을 것이다. 그리고 전쟁놀이를 하던 달맞이꽃 핀
모래산과 이 고젠지, 그리고 어머니를 묻은 차우스야마(茶臼山)는 점

점 더 고향을 그리게 한다.

남자

나는 아름다움을 원한다. 다른 것을 원하기 보다는 나 스스로 먼저 아름다움을 구현하고 싶다고 생각한다. 겐코(兼好) 법사가 말했듯이 얼굴의 아름다움은 어떻게 할 수 없는 일이지만, 마음의 아름다움은, 순진하고 생생한 남성적 동작의 아름다움은 내가 주의와 연마를 하며 얻을 수 있는 것이므로 이것을 추구하는 것이다. 속되게 말하면 남자다운 남자, 내가 지금 열망하는 것은 이런 것이다.

내 두뇌는 순진하다. 따라서 매일 어떤 생각도 떠오르지 않는다. 인간은 누구나 어렵고 쉬움, 깊이와 가벼움에 차이가 있기 때문에 어떤 질문을 접할 것이다. 이는 반드시 인간에게만 그런 것은 아니다. 다른 인간에게서 오는 질문은 사실 적으며 대부분은 유형 무형의 사물에서 오는 질문이거나, 아니면 스스로 묻는 자문이다. 이러한 질문을 접하고 센타로라는 육체를 쥐어짜서 나오는 답안은 지극히 저열하고 평범한 것에 지나지 않는다.

이럴 때 나는 머리도 마음도 내버리고 싶은 초조함과 불결함을 느낀다. 자기비하와 모멸감을 느낀다. 그리고 절실하게 아름다움을 원한다. 누추한 집에 살면 깨끗하고 넓은 집을 원하고 병이 들면 강철같은 건강을 바라는 것과 같은 맥락이다.

"나는 남자다."라고 남에게도 자신에게도 말할 수 있는 신념을 얻고 싶다. 남자다운 정열과 총명함과 숭고한 기백과 넓은 바다와 같은 도량과 태산도 움직일 인내를 갖고 싶다. 남자로 태어나서 남자다운 남자가 된다는 것은 그 무엇보다도 아름다운 것이다.

권태와 플러스 엑스

묘하게 불교적이기도 하고 혹은 짜증스럽게도 느껴질 수 있는 제목이지만 이런 이야기를 하고자 한다.

삼라만상 모든 것이 단지 기하학적으로만 보인다면 정말 권태로울 것이다. 아니, 오히려 고통이리라. 집은 집, 인간은 인간, 원숭이는 원숭이, 고양이는 고양이, 돌은 돌, 소나무는 소나무, 배는 배, 꽃은 꽃, 새는 새, 전차는 전차라면 세상에는 그림도 시도 없을 것이다. 그런 세상에는 취미도 흥미도 없다. $+x$(플러스 엑스)로 느껴지는 곳에서 비로소 그런 것들은 생겨나고 의의도 산출된다. 집 $+x$, 돌 $+x$, 이 $+x$에서 예술이나 종교나 철학이 생겨난다. 따라서 이 x가 심각하다면 그만큼 그 사람의 생활이 심각할 것이고, 다종다양하다면 그런 만큼 그 사람의 생활은 다양할 것이다.

나는 요즘 나 자신에게 이 x가 감퇴되고 있음을 분명하게 인정한다. 그리고 정말 슬프게 생각한다.

누워 있는 고양이는 때리지 못한다는 속담의 폐해

'누워 있는 고양이는 때리지 못한다'는 속담은 인정의 반면을 절묘하게 파헤치고 있다. 그러면서도 이는 동시에 인간의 가장 무서운 약점이다. 이 속담에는 동정이나 의협이라는 미덕이 있는 것처럼 일반적으로 오해되고 있지만, 실은 이는 동물적 우월감에서 오는 만족이며, 여자의 교태에 대한 약점이다. 뇌물을 받는 이기심이기도 하다. 받는 것도 주는 것도 뇌물은 일반적으로 예민하게 의식되지만, 앞서 말한 누운 고양이식 거래에는 그다지 분노를 느끼지 않는다. 웃음을 파는 천박한 여자를 눈초리를 세워 바라보는 종교가는 많지만, 누운 고양이의 매매는 누구나 아무렇지도 않게 생각한다. 하지만 누운 고양이의 폐해는 웃음을 파는 여자보다도 담배보다도 술보다도 더 심각하다.

오카무라 겐타로(岡村鉉太郎) 선생의 비문

나는 돌에 새겨져 영원히 남을 타인의 묘비문을 쓸 만한 인간이 아니다. 한심하지만 그에 걸맞는 지식도 인격도 없다. 하물며 고결하고 근엄한 오카무라 겐타로 선생님 같은 분의 묘비문이라면 더욱 그러하다. 그래서 여러 번 사양했다. 선생님의 유고인 「일본 고전학파와 본연의 생활」을 편저한 관계로 유족분들로부터 간곡하게 부탁을 받게 되었는데 결국 일본어 문장체로 쓰기로 하고 선생님의 비문 집필을 수락했다. 그런데 나중에 다시 유족분들로부터 한문으로 해달라는 부탁을 받게 되었다. 이제 와서 거절할 수도 없어서 내가 적은 일본어 문장을 한문으로 번역하고, 한문 전문 선생님에게 첨삭을 받았다. 부디 이 비문으로 오카무라 선생님의 명예를 훼손하는 일이 없기를 절실하게 기원하며, 이 글을 오카무라 선생님의 영전에 정중히 바친다.

정칠위(正七位) 오카무라 겐타로 선생님은 시마네현(島根縣) 히로세(廣瀨) 출신으로 남을 위하며 꾸밈없이 진실되고 점잖은 분이셨으며, 일찍부터 교육에 뜻을 두고 계셨다. 재직하신 것은 삼십이 년간으로 그 공로와 훌륭한 업적을 기록하여 전해야 할 것이다. 지금 적는 내용은 대부분 조선에 계실 때의 일이다. 선생님이 조선 철도학교에 초빙된 것은 1919년의 일이었다. 매우 성실하고 근면한 성격으로 언제나 지치지 않고 후진을 이끄셨다. 1926년 4월에는 철도 양성소 소장으로 발탁되었다. 7월에는 곳곳에 홍수가 범람하여 부서진 가옥들이 떠다니고 사람과 가축도 피해를 입었다. 대부분이 보기 드문 참화를 입었다. 선생님은 몸을 던져 어려운 곳으로 가셨고 자신의 집도 돌아보지 않았다. 혼자 물결 속으로 뛰어 들어가서 남들을 구했다. 그리하여 수재민들에게 그들이 잃을 뻔 했던 수많은 생명을 주었다. 선생님은 생에게 걸쳐 사회를 위해 몸을 바치고 좋은 기운을 주위에 베푸셨다. 황도(皇道)를 중시하셨으며 밤낮을 가리지 않고 학문을 열심히 연구했다. 식견이 깊어 사람들이 아직 들어보지 않은 이야기도 많이 알고 계셨다. 또한 조상을 섬기는 대의를 중시하셨다. 그러나 어느 날 병환으로 후쿠오카에 있는 병원으로 가시게 되었다.

> 머리카락은 쑥과 같고 뼈는 학과 같다
> 병든 몸을 힘껏 이끌어 차에 올랐네
> 언제까지나 존재할 한 조각의 생생한 기운
> 꿈꾸는 영혼은 조용하고 치쿠슈(築州) 지방의 꽃이 지네

그 마음에는 도리를 벗어남이나 사심은 없었다. 항상 세상 사람들이 우러러보는 훌륭한 분이었다고 할 수 있다. 병환으로 자리에 누우신 후에 부인께서 간호에 진력하셨지만 끝내 일어나지 못했다. 아, 비통하다. 때는 1927년 3월 4일이었다. 향년 오십칠 세로 부고를 전했다. 학생들은 가족상을 당한 듯이 슬퍼했다. 학부모 조문객들도 구름처럼 모여들어 진심으로 가슴아파했다. 이는 선생님의 덕망 덕분이다. 나의 얕고 뒤떨어진 재주로는 부족하지만, 선생님께서 전에 편찬하신 글을 추천한다. 이 유고 작품은 인간은 자신을 알아야 한다는 교훈을 전한다. 내 부족한 문장을 지금 다시 돌아보지는 않겠다. 선생님에 관한 일을 그저 경건한 마음으로 적었다.

1927년 10월 난바 센타로

아버지의 묘비문

아버지 마스타로(增太郎)는 흙에서 태어나 흙을 가까이 하며 쌀과 보리를 친구 삼아 열심히 일했다. 또한 술도 잘 마셨다. 죽기 오륙 일 전, 육순이 되는 병마의 몸으로 수레에 누워 들판의 꽃을 보며 술을 마시고는 기뻐했다. 예순 두 살이었다.

장남 센타로

아버지는 결국 돌아가셨다. 영원히 만날 수 없다. 목소리도 들을 수 없다. 더 이상 술을 마시라고도 몸조심하라고도 말씀해주지 않을 것이다. 그렇게 생각하면 뭐라고 표현하기 어려운 깊은 쓸쓸함을 느낀다. 종교적인 '무' 조차도 없는 그 밑바닥의 공허와 적막감을 느낀다. 태양이나 달이 없어져도 아무리 살기 좋은 세상이 되어도 아버지는 다시 돌아오지는 않는다. 우리 가족이 다니던 절의 주지스님 다나카 에슈 선사는 아버지에게 '자성원성도방직거사(自性院誠道方直居士)'라는 법명을 붙여주셨다.

아버지는 배움은 없었지만 정직하고 나쁜 일은 하지 못하는 사람이었다. 별다른 재능이 있는 것도 아니며 근면하게 일하는 것이 아버지의 생명이었다. 그저 술을 마시는 것이 무엇보다 즐거운 낙으로 , 적어도 삼사 홉은 매일 마셨다. 이번 봄은 조선엔 갈 거라고 기대하며 기다렸다고 하는데 고향을 멀리 떠나서 어떤 집에 사는지, 어떤 것을 먹는지, 어떻게 지내는지, 아버지는 자식의 생활을 보고 싶었을 것이다. 나도 보여드리고 싶었다. 특별한 것은 없지만 아버지가 좋아하는 술만은 부족함 없이 사서 술 상대를 해드려야겠다고 생각했었다. 조선 구경, 조선 구경이라고 입버릇처럼 말하다가 결국에는 못하고 돌아가셨다고 생각하니 나는 가슴이 조여 오는 듯했다. 바늘로 찌르는 듯 가슴이 아프다. 꽃이 필 무렵에 노모를 모시고 다니며 각지의 명소를 보여드렸다는 라이산요(賴山陽)가 정말 부럽다.

평범한 사람이기 때문에

세월은 무정하게 사라져갔다. 나는 신으로부터 몇 년까지의 생명을 부여받고 이 세상에 태어났는지 물론 알 방법은 없지만, 앞으로의 세월이 끊임없이 머리에 떠오른다. 시험공부라도 할 때면 학생들이 잘 세우는 공부 계획처럼, 몇 년에서 몇 년까지 무엇을 하고, 그 후에 몇 년간에 저것을 하고, 이것을 하겠다는 것을 생각한다. 그리고 그때마다 날은 저무는데 갈 길이 아직 먼 듯한 느낌이 들면서 세상도 사람도 버릴까 하는 생각을 심각하게 할 때가 있다. 그리고는 패잔병의 고통이 찾아온다.

세상에는 너무 훌륭한 사람이 많다. 나는 그 때문에 이제까지 몰래 괴로워 해왔다. 훌륭하다는 것은 자신이 그것을 인정함으로써 한 걸음 나아가는 것이다. 신념이다. 신념을 가질 수 있는 사람은 자유롭고 강하다. 나는 지금 자신에 대해 충분한 신념을 갖고 싶다고 염원한다. 그러나 그 염원이 수포로 돌아가지는 않을까 하는 걱정에 비애감마저 든다. 자신을 안다는 증거가 없기 때문이다. 나의 머리는 정말 엉망이다. 언제나 안개가 끼어있다. 결코 청명하지 않다. 뼈와 살의 구분이 가지 않는다. 사물에 대해 흑백의 짐작을 할 수 없다는 것만큼 한심한 일도 없을 것이다. 맹인이나 마찬가지다.

따라서 칼로 찌르려 해도 찌를 수가 없다. 칼로 찌르려고 하면 내 손을 베인다.

나는 내 자신이 바보라는 것을 잘 알고 있다. 나는 서른 살이다. 서른이라고 하면 쇼펜하우어가 자신의 명저인 『의지 및 지식으로서의 세계』를 완성한 나이다. 공자도 서른이면 뜻을 세운다고 하지 않았던가. 라이프니치는 열다섯 살에 고금의 철학에 능통했다고 하지 않는가. 나는 스스로가 한심해진다.

나는 재학 중 영작문 시간에 사전이나 『시어수금?(詩語粹金?)*』 등과 자전을 보며 한시 때문에 괴로워했다. 그런 일은 이미 먼 옛날에 잊어버렸고, 7월에 홍수를 입어 아무렇게나 짐짝 안에 던져 넣은 채 한동안 열어볼 생각도 하지 않았었는데, 날이 아침저녁으로 시원해지면서 물건을 하나하나 꺼내 보니 벌써 육칠 년이나 전에 쓴 원고가 나왔다. 유치하지만 걸어온 발자취를 더듬어 보는 심경으로 나는 한 장 한 장 마음을 쏟았다. 한시는 모두 열여덟 수 있었는데 비참하게도 새빨간 색으로 첨삭이 된 부분이 있다. 한시 선생님은 술을 좋아하고 욕심이 없이 정직한 분으로, 말이나 행동이 모두 시적 정취를 풍부하게 띤 오미 세탄(小見清潭) 선생님이셨다.

그중에는 학업이 소걸음처럼 느릿느릿하고 진척되지 않음을 탄식한 시가 있었다. 그것은 '나는 사십 년 고학을 했다. 하지만 아직도 부족하다. 자네는 아직 소년이다. 탄식하지 않기를 바란다. 힘내

---

* 원문에 '詩語粹金?'으로 표기.

기를 바란다'는 친절한 격려의 말이 덧붙여져 있다. 그런가 하면 절구(絶句)의 평측(平仄)*을 기록하고 '이런 방법은 내가 가르친 적이 없음'이라고 나의 평측이 틀렸음을 엄격하게 지적했다. 하지만 어쨌든 이런 허접한 습작 속에도 자신의 무능을 한탄하는 것이나 노력해야 한다는 내용이 많다.

> 눈 속에서는 밥을 지어야 한다. 남아는 모름지기 부끄러움을 참아야 한다. 일은 나중에 성사될 것이며, 이는 나에게서 구해야하지 남에게서 구하는 것이 아니다.

이런 옛날 원고를 보면서 자신의 재능이 모자랐음을 알게 되고 마음속에서 늘 노력하자, 공부하자고 언제나 생각해왔던 것을 떠올렸다. 서른을 넘은 지금도 이를 이루지 못하고 이는 것이 너무나도 안타깝다. 내가 서른 살이 된 해의 연하장에는, 나이를 먹은 것을 나타내고 싶은 마음에서 '노(魯)의 영감은 서른 살 때 까지는 기어 다녔다'는 센류를 썼던 것을 기억한다. 이후로 두 해를 더 지내도 아무것도 해놓은 것이 없음은 도대체 어떻게 된 일일까.

지금까지 십몇 년인가를 돌아보면 상당히 이것저것 시도했다. 그리고 그 어느 것도 작심삼일로 끝났다. 칸트의 유명한 『순수이성비판』은 십 년간의 부단한 노력으로 이루어진 것이다. 나에게는 그런 정성과 노력도 없었다.

---

* 平仄, 음운의 높낮이.

나는 하이쿠 작가가 되려고 했다. 나와 같은 취미를 가진 친구와도 이 때문에 매우 친하게 지냈다. 그중 한 명이 다케다(竹田)인데, 더울 때나 추울 때나 매일 서로 왕래했다. 하이쿠를 짓고 좋은지 나쁜지에 대해 논의했다. 길을 걸을 때는 여기에서 어디까지 가는 거리를 정하고 서로 하이쿠 짓기 경쟁을 했다. 수업시간에도 대개 하이쿠를 생각했다. 그리고 마음에 드는 작품이 나오면, 선생님이 칠판에 판서를 하는 틈을 타 종이에 적어서 다케다의 책상으로 던지기도 했다. 그런데 그 비평을 적어 나에게 던지는 것을 결국 선생님한테 들켜서 방과 후에 한 시간이나 다케다는 학교에 남아 벌을 선 적이 있다. 지금은 어떻게 지내는지 연락이 두절되었다. 특히 관동대지진 이후에는 살아있는지 죽었는지 조차 알지 못한다.

혼고 삼초메에 있던 큰 여관인 가미무라(上村) 여관 집 아들인 시오이리(鹽入)와도 취미가 같아 매우 친하게 지냈다. 그때는 학원에서 나오면 다케다의 집으로 갈지 시오이리의 집으로 갈지 대개 행선지가 정해져 있었다. 시오이리는 작은 새를 좋아했다. 나에게 작은 새를 기르라고 걸핏하면 권유했다. 가을에는 볕이 잘 드는 곳에서 새모이를 만들면서, 때로는 귀찮을 정도로 각종 새에 대한 여러 가지 이야기를 해주었다. 그 무렵 나카무라 세이코(中村星湖)가 심사위원인 『문장세계』에 「문조」라는 단편소설을 투고해서 나쁘지 않은 평가를 받았다. 나도 그 단편은 읽었는데 문조의 생활을 상당히 자세히 관찰한 문장이었다.

그중 다케다의 아버지가, 독감이었는지 원인은 잘 모르지만 돌아가셨다. 내가 자주 다녔던, 코스모스가 피어있던 우시고메(牛込)의 다케다의 집에는 모르는 사람이 살게 되었다. 다케다는 미친 사람처럼 변했고 곧 가출을 했다. 그리고 우리에게도 소식을 끊고 사라졌다. 나는 시오이리와 더 친해졌다. 나는 충분한 학비를 아버지에게서 받지 못했기 때문에 언제나 금전적으로 힘들었다. 언젠가는 시오이리의 호의로 그의 아버지에게 삼십 원 정도를 빌린 적도 있었다.

시오이리는 신간 서적이나 잡지를 종종 샀다. 나는 그것이 부러웠다. 그리고 거의 매일 닌교초(人形町)나 아사쿠사(淺草)를 산책했다.

훨씬 뒤에 내가 와세다 대학에 다니게 된 후부터는 통학에 편리하도록 간다(神田)에서 다카다(高田)로 이사를 했다. 그 무렵은 지금처럼 전철이 개통되어 있지 않았기 때문에 혼고에서 오려면 에도카와(江戶川)까지 전철을 이용해도 우리 하숙집까지 오는 데 한 시간은 충분히 걸렸다. 그래도 시오이리는 자주 와주었다. 마침 하숙집 앞에 작은 산이 있었는데, 작은 산이라고는 해도 옛 귀족의 집터 같은 곳으로 황폐해져 있는 곳이었는데, 연못과 다리, 풍취 있는 정원수, 평지도 있었고 돌담이 남아있었다. 거기에 우리 두 사람은 자주 가서 누워 뒹굴었다. 그곳에서는 휘파람새가 자주 울었다. 동백꽃이 푸른 나무 그늘 사이에 빨갛게 피어있었다.

내가 심한 신경쇠약에 걸린 것은 그 무렵이었다. 매일 나는 우울해져 있었는데 이를 위로하기 위해서인지 갑자기 시오이리가 묘한 얘기를 꺼냈다.

"너 결혼을 하는 게 어때? 그렇게 매일 생각만 골똘히 하다간 죽어!"

나는 이 말을 듣고 기가 막혔다.

"놀리지 마!"

"그런 게 아냐, 진심이야! 예쁜 아가씨인데 지금 불쌍한 처지인 것 같더라고."

"말도 안 돼."

"너희 중학교 동창 여동생이야. 데려가! 약속만 먼저 하고 결혼식은 네 사정이 괜찮을 때 하면 돼." 시오이리는 정말 진지했다.

나는 바보 같은 이야기라고 생각했지만 친구의 여동생이라고 해서 호기심이 생겼다. 얼떨결에 "누군데?"하고 물어보니, 그는 "누구면 어때."라며 의미심장하게 웃었다.

"어쨌든 데려올 테니 만나볼지 않을래?"

"네가 데리고 놀러오는 건 네 마음이지만."

그 날은 그렇게 말하고 헤어졌다. 나는 그 후 신경을 쓰지 않고 있었는데 이삼일 후에 시오이리는 정말 그 아가씨를 데려왔다. 나는 놀랐다. 시오이리의 말대로 정말 중학교 때 친구의 여동생이었다. 아가씨는 머리를 둥글게 올리고 예쁜 꽃 비녀를 꽂고 있었다. 인형같이 아름다웠다. 하지만 그 후로 두 번 다시 그 아가씨를 만나지는 않았다. 시오이리의 이야기로는 그 아가씨는 어머니의 생계를 돕기 위해 누군가의 첩이 되었고, 나중에는 다른 남자와 도망을 쳤다고 했다.

언젠가부터 나는 하이쿠 짓기를 그만두었다. 그리고 단카(短歌) 작가로 성공하고자 했다. 매일 몇 십 수씩 지었다. 히토미 도메이(人見東明) 씨나 마사토미 오요(正富汪洋)씨 댁에 자주 다녔다. 도메이 씨는 친절하게 단카에 대한 비평과 첨삭을 해주셨다. 1919년에는 도메이 씨 집에 모이는 열너댓 명과 시 창작을 위해 이나게(稻毛)에 다녀왔다. 그러나 이 하루는 나에게 슬픈 날이었다. 이소야마(磯山)에는 복숭아꽃이 피어 있었다. 나의 부족한 단카시집 『고향의 집』에 있는 「이나게 기행(稻毛紀行紀行)」 십오 수는 이 봄날의 슬픈 추억이다.

소나무 향은 깊숙이 풍겨와서 참을 수 없어 어릴 때의 마음
을 찾아 나는 달린다
밝고 화창한 봄 햇살 떠오르는 텅 빈 들판에 편안한 마음이
여 부모님을 그리네

나는 겨우 겨우 학교를 졸업했다. 그리고 우연하게 조선에 오게 되었던 것이다. 내일은 조선으로 떠나는 날, 우에노 공원 앞에 있던 음식점에서 시오이리와 간단하게 저녁을 먹고 헤어졌다.

조선으로 오는 도중에 차에서 내려 고향 아버지 집에서 하룻밤을 보냈다. 지금은 돌아가셔서 안 계시지만 그때는 아직 여든네 살의 할머니가 살아계셨다.

"너 조선에 간다면서? 조선은 어느 쪽이냐, 중국하고는 또 다른 거야?"

나는 조금 귀찮은 생각이 들어서,

"뭐 일본하고 비슷해요."라고 대답했다. 그러자 할머니는 목이 메 듯 "일본은 바다를 건너야 올 수 있잖니."라고 말했다.

"그렇죠."

"그럼 역시 옛날에 당나라라고 부르던 나라네, 그렇구나. 너 그렇게 먼 나라로 가는 거구나…. 그런 곳에 안 가면 일을 못하는 거냐?"

"뭐, 그렇습니다."

"너한테 해마다 쌀을 팔아서 돈을 많이 보냈는데, 그런 곳까지 안 가도 뭔가 일할 게 있지 않겠니?" 할머니는 공격을 해 왔다.

나는 좀 곤란했다. 그러자 할머니는 또 다른 얘기를 꺼냈다.

"옛날에 사람들 말로는 홍법대사가 당나라에 가셨다는데 그분 말고는 간 사람이 없었지. 배를 십일이나 십이일 쯤은 타겠지? 그런 나라에 가서 살아 돌아올지 죽어서 돌아올지 알게 뭐냐. 너도 네 어미가 살아있었다면 그런 곳에 가지는 않을 텐데."

이렇게 말하고 할머니는 결국 고목처럼 늙은 손에 눈물을 흘리며 울기 시작했다.

누구 하나 아는 사람도 없는 조선에 나는 홀몸으로 뛰어들었다. 여기에 오는 것에 대해서는 누구의 소개장 한 장도 받지 않았고 동창들에 대해서도 고향 사람들에 대해서도 전혀 생각하지 않고 왔다. 너무나 준비를 하지 않은 채 오기는 했다.

조선에 와서도 내 신경쇠약은 낫지 않았다. 도쿄가 그리웠다. 고향이 그리웠다. 할머니의 말이 생각났다. 교사 뒤편은 산이었는데 벚나무가 많이 심어져 있었다. 봄이 되면 온통 꽃이 피었다. 가을에는 단풍이 들었다. 나는 쓸쓸한 마음을 안고 그 꽃 속으로, 단풍 속으로 거의 매일 들어갔다. 그리고 도쿄를 떠나는 아침에 짐 등에 대해 여러 가지로 애를 써 준 M을 떠올렸다. 드디어 차에 타고 집을 나설 때, M은 기운 없이 문가에 서서 나를 배웅해 주었는데 눈에서 하얀 것이 반짝이는 것을 보았다. 그 M의 모습이 자꾸 생각났다. 하숙집에 돌아와도 쓸쓸했기 때문에 시시한 문장이나 시를 지어 외로운 마음을 위로했다.

久雨漸收空翠明
내리던 비는 그치고 하늘은 비취처럼 개었다

竹籬茅舍自相淸
대나무 울타리와 초가집 둘다 푸르네

出門勿聽村春急
마을에 벌써 온 봄을 기다리지 못하고 문을 나섰네

想到鄕山不耐情
고향의 산을 그리는 정을 참을 길이 없구나

凄凄更漏轉
처량한 마음에 눈물이 흐르네

孤客惹愁長
외로운 객은 오래도록 애수에 젖는다

蟋蟀鳴床下
귀뚜라미는 마루 밑에서 울고

聞之淚數行
그 소리를 들으니 흘러내리는 눈물 줄기

對坐橘中樂
감귤나무 사이에 마주 앉은 즐거움

丁丁黑白爭
딱딱 소리를 내며 흑과 백을 겨룬다

兩人無一語
두 사람은 한 마디 말도 없이

互欲出奇兵
서로 기습 공격을 노리고 있네

나는 매일 쓸쓸해 견딜 수가 없었다. 너무나도 우울했다. 왜 그렇게 쓸쓸한가 물어보면 금방 대답할 수 있었다. 그리고 그 대답은 아주 간단했다. 이 세상에 있을 만한 일을 한다는 신념이 없었기 때문이다. 그에 관한 기대나 계획이 전혀 서지 않았기 때문이었다. 나는 사회에 대해서 조심스러운 남자가 되어있었다. 아무 목표도 없는 식객은 한심하다. 발이 대지에 닿아있지 않고 유령처럼 흐늘 흐늘 유약하다. 감옥에 갈 만한 배짱도 없는 겁쟁이가 돈도 없는 주제에 음식점에 가서 요리를 주문할 때의 불안이 아마도 이런 심경일까.

어떻게든 해야 한다고 나는 고민했다. 그러나 내 머리는 정말 아무것도 할 수 없었다. 나는 거울을 자세히 들여다보았다. 물론 멋을 부리기 위한 것은 아니다. 청나라 시인 모기령(毛奇齡)은 거울을 보고, 한동안 윤기 있던 혈기도 사라지고 쇠약해진 것을 한탄하며, 나에게 주는 눈물이 흐른다. 거울 속에는 그저 사람이 있다,라고 읊었는데 물론 그런 의미도 아니다. 내 얼굴에 너무나도 바보 같은 표정이 그대로 나타나 있기 때문이었다.

나는 무엇보다도 그것이 두려웠기 때문이다. 두려워서 거울을 보는 것이다. 부디 이 바보 같은 표정 속에 조금이라도 이 애절한 심중을 위로해 줄 구석이, 나에게 유리한 변명을 얻을 수 있는 점이 있지 않을까 하는 생각 때문이었다. 얼굴은 어떻게 생겨도 상관없다. 그런 것은 부녀자의 치기일 뿐으로 신경 쓰는 것은 우둔한 일이라는 것도 안다. 하지만 나의 경우는 달랐다. 뇌수의 우둔함의 상징으로 얼굴을 생각했기 때문이다. 골상학이라는 것은 과학적으로는 어떤 근거도 가치도 없다는 것은 이미 분트*가 간파한 저명한 사실이다. 그럼에도 불구하고 골상학 서적을 두세 권이나 읽었다. 그러나 물론 그만큼의 보람은 없었다.

---

* Wilhelm Wundt.

나는 다시 실제적인 문제 앞에 섰다. 시를 지었다. 문장을 적었다. 단 한 수라도 좋으니 읽는 사람을 고통에서 벗어나게 하고 낙원에서 노닐게 할 정도의 아름다운 리듬이 있는 시를 만들겠다고 생각했다. 하지만 그것은 미치광이의 꿈일 뿐이었다. 다음으로는 칸트를 읽었다. 쇼펜하우어도 읽었다. 밀을 읽고, 흄을 읽고, 베르그송을 읽었다. 하지만 그 책들은 이해가 되지 않았다. 돼지 목에 진주와 별반 다르지 않았다. 그리고 자기비하감은 점점 더 깊어져 갔다. 이렇게 괴로워하는 사이에 세월은 사오 년이나 흘렀다.

나에게는 여자아이가 한 명 생겼다. 버려진 오이 덩굴에도 역시 오이는 열리는 것이다. 쓸쓸하다. 나는 유심히 그 아이의 자는 얼굴을 바라보았다. 부처님 같은 얼굴을 하고 쌔근쌔근 잠들어 있는 것을 보니, 가슴이 답답해졌다. 아이가 불쌍해졌다. 미안한 생각이 들었다. 나는 자신의 아이에 대해서 미안하다는 생각을 하게 될 줄은 정말 꿈에도 생각하지 못했다. 이런 바보 같은 아버지에게 태어난 아이가 정말 안쓰럽다. 하지만 퇴근하고 돌아온 나를 "아빠" 하고 부르며 반갑게 현관으로 달려오는 모습을 생각하면 눈물이 흐른다. 나는 왜 결혼을 했는지 후회했다. 그래서 새로운 고통이 또 하나 늘었다. 아내에게도 미안하다고 생각했다. 진필이라고 생각하고 산 족자가 위작이었을 때의 불쾌함과 분노를 나자신에 대해 느낀다. 그 불쾌함과 분노를 아내는 나에게 품고 있을 지도 모른다. 혹시 그렇다면 아내의 그 기분을 한시라도 빨리 제거해 주어야 하는 의무가 있다. 부패한 생선은 누구라도 달갑지 않다. 아름답지 않은 것은 거지도 나병환자도 싫어한다. 한심한 자에게 정나미가 떨어지는 것은 단지 아내뿐이 아닐 것이다. 만일 엘렌 케이*류로 생각하면, 이 기회에 이혼을 하고 아내가 가장 신뢰할 수 있는 남자와 결혼을 하도록 해야 한다. 귀여운 여자아이는 자라날 것이다. 아내는 나에게 사랑이 없어져도 아이는 분명히 평생 어머니를 따를 것이다. 아이 따위 애초부터 만들지 않았어야 한다. 우리 가문이 대가 끊기건 말건 국가에는 어떤 파문도 일어나지 않을 뿐 아니라, 일본에는 사람이 많아서 바다에까지 떠밀려 나갈 정도이다. 자기 힘으로 살아갈 수 없다면 자살하는 수밖에는 없다. 죽으면 괴로울 것이다. 구더기도 생길 것이다. 하지만 그런 것은 뒤에 남은 이들이 처리해 주면 된다. 모르는 사람의 마지막을 돌보는 것이 싫다는 것은 이기적이다. 이것도 지구 상의 현상으로 보아야 한다. 예를 들면 훌륭한 정원에 도움이 되지도 않을 잡초가 무성하다고 해서 누구에게 불평을 할 수도 없다는 것과 마찬가지이다. 자살은 어떤 경우에도 부도덕하다고 논하는 사람은 사기꾼 논리학자이다. 어떠한 경우에도 자살을 시키지는 않겠다고 강요하는 것은, 어떤 경우에라도 돈을 저축하고, 소비를 해서는 안 된다는 것과 별 차이가 없다. 나는 이렇게 한심한 생각만을 하며 괴로워했다.

가을밤은 깊었다. 주위는 조용하다. 묘하게 쥐 죽은 듯이 고요하

---

* Ellen K. S. Key.

다. 나는 문득 바쇼의 '가을은 깊어 이웃집에 사는 이 무엇을 할까'
라는 하이쿠를 떠올렸다. 바쇼는 우아한 정취의 시인이다. 이어서
'죽지도 않는 여행길의 끝이여 가을 해 질 녘'이라는 구가 생각났다.

머리가 아프다. 가슴이 아프다. 어깨가 결린다. 나는 이제 잠들어
야겠다.

조선풍토기

초판 1쇄 인쇄 2016년 3월 23일
초판 1쇄 발행 2016년 3월 30일

저 자 난바 센타로(難波專太郎)
역 자 이선윤

펴낸이 이대현
편 집 이소정
펴낸곳 도서출판 역락 | 등록 303-2002-000014호(등록일 1999년 4월 19일)
주 소 서울시 서초구 동광로46길 6-6(반포4동 577-25) 문창빌딩 2층(우137-807)
전 화 02-3409-2058(영업부), 2060(편집부) | 팩시밀리 02-3409-2059
이메일 youkrack@hanmail.net
역락블로그 http://blog.naver.com/youkrack3888

ISBN 978-11-5686-313-7 93830
정 가 16,000원

助成　日本万国博覧会記念基金
Supported by the Japan World Exposition 1970 Commemorative Fund.
この出版物は、「日本万国博覧会記念基金」の助成を受けています。
公益財団法人　関西・大阪21世紀協会

본서는 정부(교육과학기술부)의 재원으로 한국연구재단
의 지원을 받아 수행된 연구(NRF-2007-362-A00019)임.